언젠가 한 번은 떠나야 한다

이 도서의 국립중앙도서관 출판예정도서목록(CIP)은 서지정보유통지원시스템 홈페이지(http://seoji.nl.go.kr)와 국가자료종합목록 구축시스템(http://kolis-net.nl.go.kr)에서 이용하실 수 있습니다.
(CIP제어번호 : CIP2020053177)

청소년
SF소설
02

언젠가 한 번은
떠나야 한다

박애진

김창규

정명섭

김이환

듀 나

김성희

단비
danbi

Evolution →

차례

쿤라와 그레시아 박애진 • 7

아케리 김창규 • 69

우주 동물원 정명섭 • 101

우주가 아름다운 이유 김이환 • 139

항상성 듀나 • 187

우천 시 정상 수업합니다 김성희 • 213

쿤라와 그레시아

박애진

박애진

판타지, 과학소설 등 여러 장르의 공동 단편선에 작품을 발표했고, 십대에서 이십대 초반, 소녀와 여성 사이의 경계에 있는 예민한 시기를 다룬 단편을 모은 《원초적 본능 feat. 미소 녀》을, 소외된 혹은 차라리 소외를 선택한 이들의 이야기를 담은 작품집 《각인》을 출간했 다. 고전 소설을 모티브로 한 《지우전 : 모두 나를 칼이라 했다》, 신비로운 부엉이가 키운 소녀의 모험담 《부엉이 소녀 욜란드》 등의 장편을 펴냈고, 청소년 소설 《첫사랑 위원회》에 단편 〈우리 반에 늑대인간이 있다〉를 수록했다.

숲에 가면 안 돼.
숲에는 무시무시한 마녀가 살아.
마녀는 달콤한 과자로 너희를 유혹하지.
절대 마녀가 주는 걸 받아먹지 마.
마녀는 널 포동포동하게 살찌운 뒤 잡아먹을 거야.

타인의 불행에는 철저하게 무심한 사람들처럼 냉랭하게 서 있는 가문비나무 사이로 저무는 햇살이 비쳤다. 그레시아는 모닥불을 키웠다. 기온이 급속히 떨어지고 있었다. 오빠 제르젠은 아직 잠에서 깨지 않았다. 제르젠을 두고 갈 수도 들쳐 메고 걸을 힘도 없었다. 그저 깨어나기를 기다려야 했다. 제르젠 옆에는 엄마가 두고 간 물주머니가 있었다. 목이 말랐지만 저 물을 마셔서는 안 된다.

제르젠은 한밤중에야 깨어났다. 그는 잠시 어리둥절한 표정을 지었다.

"여긴 어디야? 엄마 아빠는?"

제르젠은 어지러운지 머리를 짚었다. 아직 약 기운이 남아 있는 모양이었다.

"엄마 아빠는 나무하러 간 거야? 언제 온대?"

그레시아는 대답하지 않았다.

"달이 뜨면 집에 가자. 저번처럼 오는 길에 조약돌을 떨어뜨렸어."

제르젠은 숲에 깊이 들어갈 때면 만일에 대비해 흰 조약돌을 챙기고는 했다. 흰 조약돌은 달빛을 반사했다. 제르젠은 저번처럼 조약돌을 따라가면 집에 돌아갈 수 있다고 믿었다.

"오늘은 그믐이야, 오빠."

엄마 아빠는 지난번과 같은 실수를 하지 않으려 일부러 그믐밤에 나왔다. 제르젠은 당황해 주변을 살피다 물주머니를 발견했다. 목이 타는지 물을 마시려던 제르젠이 불현듯 손을 멈추더니 못 만질 걸 만진 양 손을 움츠렸다.

"날이 밝으면 어떻게 해서든 길을 찾아볼게."

제르젠은 자기도 겁에 질렸으면서 어떻게든 오빠다운 모습을 보이려 했다.

"난 안 가. 가려면 오빠 혼자 가."

"안 가면 어떡할 거야?"

제르젠이 소리쳤다. 그레시아는 고집스레 입을 다물었다. 제르젠의 얼굴에서 핏기가 가셨다. 엄마 아빠가 자기들을 또 버렸다. 지난번에는 부정하려 했다. 길을 잃어 못 찾았다는 말을 믿었다. 달리 어쩌란 말인가. 자기는 열다섯 살, 그레시아는 열세 살이다. 둘의 힘으로는 숲에서 살 수 없다. 게다가 이 숲에는……. 그의 불안을 읽은 듯 멀리서 늑대 울음소리가 들렸다. 지금은 겨울이다. 늑대도 굶주릴 시기다.

"우릴 잃어버린 거야. 날이 밝으면 집에 돌아가자. 분명 우리를 걱정하고 있을 거야. 밤새 숲을 헤매며 우릴 찾았을 게 분명해."

"난 돌아가지 않아."

"무슨 소리야? 같이 집에 가야지."

"난 집이 없어."

"집이 왜 없어?"

제르젠이 겁에 질려 소리쳤다.

"오빠는 이번이 두 번째지. 난 다섯 번째야. 게다가……."

그레시아는 엄마가 준 물을 마시지 않았다. 엄마도 그레시아가 왜 마시지 않는지 알고 있었다. 엄마는 잠든 제르젠과 자기를 물끄러미 바라보는 그레시아를 두고 떠나며 텅 빈 목소리로 말했다. 이번에는 돌아오지 마. 아빠는 이미 보이지 않았다.

"오빠는 아직도 그 말을 믿는 거야? 내가 이 전에 숲에서 세 번이나 혼자 길을 잃었다고? 내가 미쳤다고 늑대가 나오는 숲에 혼자 들어와?"

"그때, 그때는 어렸잖아. 그래서 놀다가 길을 잃고……."

"맞아, 난 어렸어. 아주 어렸지. 날 깊은 숲에 버리고 가면 어떻게 될지 엄마 아빠가 몰랐을 것 같아? 엄마는 내가 집으로 돌아갈 때마다 점점 더 깊은 곳으로 날 데려갔어. 작년에는 오빠도 같이 데려가기에 안심했었어. 오빠까지 버리려 들 줄은 몰랐거든. 근데…….”

“거짓말이야! 엄마 아빠가 그럴 리 없어!”

그레시아는 제르젠의 목소리에서 자기가 더 말할 필요가 없음을 느꼈다. 제르젠도 마음 깊은 곳에서는 알고 있었다. 저번에는 자기들을 찾아 헤맸다는 엄마 아빠의 말을 필사적으로 믿었지만 이번에도 그럴 수는 없었다.

“너무 졸렸어.”

제르젠이 절망에 차 말했다. 엄마가 준 물을 마시자 참을 수 없이 졸음이 쏟아졌다. 아빠가 자기를 업는 기척을 느꼈다. 그대로 집으로 돌아갈 줄 알았다. 작년에도 엄마가 잠깐 기다리라며 준 물을 마시자 바로 잠이 들었었다.

“그래도 어떻게, 설마…….”

그레시아는 제르젠이 현실을 인정했다가 부정하기를 반복하는 동안 그를 어떻게 하면 좋을지 생각했다.

“넌 왜 잠들지 않았어?”

“난 물을 마시지 않았으니까. 말했잖아. 다섯 번째라고.”

제르젠은 머리를 감싸 쥐었다. 엄마 아빠가 연거푸 자신들을 버렸다는 걸 어떻게 받아들이란 말인가?

“처음…… 길을 잃었을 때 너는 여섯 살이었잖아. 그 다음에는 여덟 살 때였고.”

제르젠은 여전히 엄마 아빠가 자신들을 버렸다고 이야기하지 못하며 길을 잃었다고 표현했다.

"잘 기억하네. 여덟 살, 열 살까지 2년마다 겨울이면 날 버렸고, 작년에 이어 올해까지 총 다섯 번이야."

그레시아가 '버렸다'로 정정했다.

"그런데 어떻게 돌아왔던 거야? 여섯 살짜리 꼬마가 이 깊은 숲에서 어떻게?"

제르젠이 그레시아가 두려워하던 질문을 던졌다.

"해가 뜨면 길을 찾아볼게."

그레시아는 나뭇가지로 불을 키우는 척하며 제르젠의 눈을 피했다.

"엄마와 아빠는 늑대가 나오는 곳에 우릴 두고 갔어. 네가 불을 피우지 않았다면 진작 잡아먹혔을지도 몰라. 그런데 그 집에 어떻게 돌아가? 너는…… 너는 어떻게 돌아갈 수 있었어?"

— 집으로 돌아가. 나이가 들면 네게 부모를 버릴 기회가 올 거다.

쿤라가 말했다.

그때 그레시아는 여섯 살이었다. 어느새 7년이 지나 그때보다 두 배하고도 한 살 더 나이를 먹었지만 여전히 자기가 어른이 된다는 것과 엄마 아빠가 할머니 할아버지가 된다는 건 까마득하게 느껴졌다. 자기는 여전히 혼자 살기에는 어리고 살 곳도 돈도 없었지만 오지 말라는 말까지 듣고 또 돌아갈 수는 없었다. 어떻게든 그 집에서 버텨 어른이 된다 해도 엄마 아빠를 버리고 싶지 않았다.

"달리 어쨌겠어?"

"넌 집에 가지 않겠다고 했어. 방법이 있는 거야?"

"그만 자. 아침에 생각하자."

그레시아는 눈을 피했다.

"난 많이 잤어. 내가 불을 볼게."

제르젠이 말했다. 그레시아가 옆으로 눕자 자기 무릎에 머리를 얹어 주었다. 두 살 많은 오빠 제르젠은 마을 다른 오빠나 형들처럼 동생을 때리지 않았다. 오히려 마을 아이들이 놀리거나 못살게 굴면 막아 주었다. 제르젠이 다른 아이들보다 유달리 크거나 힘이 센 건 아니지만 그래도 남자아이였다. 든든한 보호자가 있기에 자기를 함부로 괴롭히는 아이들은 없었다. 그러면 뭐하나. 가장 큰 보호자여야 할 엄마 아빠에게 버림받았는데…….

그레시아는 추위에 떨며 잠에서 깼다. 아직 한밤중이었다. 제르젠은 어느새 잠들어 있었다. 그레시아는 불을 키웠다. 오빠를 데리고 쿤라에게 가도 될까? 쿤라는 남자아이는 절대 데려오면 안 된다고 했었다.

쿤라를 처음 만난 건 7년 전이었다. 그때는 어떻게 쿤라의 집에 갈 수 있었는지 정확히 기억나지 않았다. 잠에서 깼더니 온통 깜깜하고 낯선 숲에 혼자 있었다. 그레시아는 엄마를 찾아 울면서 걷다가 넘어지기를 반복하다 불빛을 발견했다..

두 번째는 좀 더 나았다. 눈을 뜨니 자기 손도 보이지 않을 만큼 어두운 한밤중이었다. 그레시아는 감촉으로 자기가 마른풀 위에 누워 있음을 알았다. 산모기가 달려들었다. 그레시아는 손을 휘저어 모기를 쫓았다.

"엄마?"

그레시아는 엄마가 대답하지 않을 줄 알면서도 불러 보았다. 열매를 따자며 자기 손을 꼭 쥐고 집을 나설 때부터 예상한 일이었다.

엄마는 깊은 숲에 가면 남들이 놓친 게 있을지도 모른다고 했다. 봄부터 가물어 나무들이 꽃망울도 올리지 못해 가을에도 열매 구경을 못했는데 말이다. 엎친 데 덮친다고 여름에 메뚜기 떼가 몰려와 농작물을 싹쓸이했다. 그레시아네 집 네 식구 모두 묽은 죽으로 연명한 지 오래였다.

"엄마……."

그레시아는 엄마를 부른 게 아니었다. 두 음절 단어에 담긴 감정은 '또'였다. 엄마가 또 자기를 버렸다. 잠들기 전 마지막 기억은 엄마가 목마르겠다며 물주머니를 내밀던 모습이었다. 물에서 양귀비 향이 났다.

그레시아는 2년 전 일을 떠올렸다. 쿤라의 집을 찾을 수 있을까? 그레시아는 손과 발을 눈 삼아 조심스레 걸었다. 앞으로 뻗은 손끝에 날카로운 가시가 닿았다. 그레시아는 가시를 피하려 옆으로 게걸음을 걸었지만 갈수록 가시가 많아졌다. 그레시아는 자기가 제자리에서 빙빙 돌고 있다는 느낌을 받았다. 발밑에서도 가시가 밟혔다.

"할머니, 쿤라 할머니! 제발 도와주세요!"

그레시아가 소리쳤다. 두꺼비가 시끄럽다고 나무라듯 울었다. 그레시아는 두꺼비 울음소리에 희망을 찾았다. 쿤라가 사는 곳 부근에는 늪이 있었다. 거기 사는 두꺼비는 보통 두꺼비보다 덩치가 훨씬 컸으며 더 굵고 음침하게 울었다.

"쿤라 할머니, 저 그레시아예요! 할머니……!"

쿤라는 다시는 오지 말라고 했다. 또 오면 두꺼비로 만들어 평생 늪에 살게 하겠다고 겁을 줬다. 자기 집 뒤 늪에 있는 두꺼비는 모두 자기를 귀찮게 군 아이들이었다나.

"도와주세요……."

그레시아는 몸과 마음이 모두 지쳐 주저앉으려다 가시에 엉덩이를 찔렸다. 땅에도 가시나무가 깔려 있었다. 더 이상 움직일 곳이 없었다. 어디선가 작고 파리한 불빛들이 나타났다.

"쿤라 할머니!"

그레시아는 이제 살았다는 심정으로 외쳤다. 마치 반딧불이 같은 작은 불빛 수백 마리가 날아와 사방을 밝혔다. 불을 밝혀 주는 건 고맙지만 날갯짓 소리가 파리처럼 시끄러워 거슬렸다.

가시나무 틈 사이로 어른 한 명이 가까스로 빠져나갈 만한 길이 보였다. 낮에도 쉽게 보이지 않을 텐데 불빛들이 길을 중점적으로 비춰 찾을 수 있었다. 그레시아는 시끄럽고 푸르스름한 불빛들을 따라 걸었다.

불빛들은 그레시아를 기억 속 그 집으로 안내해 주었다. 가시나무로 울타리를 두르고 조금씩 크기와 모양이 다른 판자로 만든 집이었다. 한밤중인데도 창문에서는 불빛이 새어 나오고 굴뚝에서는 연기가 피어올랐다. 그레시아는 판자를 얼기설기 이어 붙여 틈 사이로 불빛이 새어나오는 문을 두드렸다.

"쿤라 할머니……."

대답은 들리지 않았다. 2년 전에도 그랬다. 그때는 다른 도리가 없어 무작정 밀고 들어갔다면, 지금은 쿤라가 자기를 내쫓지는 않으리라는 마음으로 문을 열었다. 달콤한 빵 냄새가 풍겨 왔다. 쿤라는 허리를 굽힌 채 어린아이가 들어갈 만한 커다란 솥에서 무언가를 끓이고 있었다. 다리 높이가 맞지 않아 기운 식탁에는 모락모락 김이 솟는 스튜와 갓 구운 빵이 놓여 있었다. 식탁 위에서 모로 누워 자던 검은 고양이가 눈을 반쯤 뜨더니 등을 둥글리며 네 발을 앞으로 죽 밀었다. 횃대에는 까마귀 한 마리가 박제가 된 듯 앉아 있었다.

그레시아는 빵 냄새에 고인 군침을 꼴깍 삼키고 안으로 한 발들어갔다.

"안녕하세요, 쿤라 할머니."

"할머니? 난 너 같은 손녀 둔 적 없어!"

쿤라가 퉁명스레 말했다.

"저 그레시아예요. 기억 못하세요?"

그레시아가 홀린 듯이 식탁으로 가며 말했다. 배에서 꼬르르륵
소리가 났다.

"하루 종일 아무것도 못 먹었어요. 먹어도 되나요?"

그레시아가 물었다. 쿤라가 처음으로 그레시아 쪽으로 고개를
돌렸다. 주름이 자글자글한 얼굴에 눈은 길게 찢어졌으며 크고 작
은 검버섯들이 피어 있었다. 쿤라가 입을 벌리자 시커멓게 썩은 이
들이 드러났다.

"그걸 먹으면 두꺼비가 될 텐데?"

"두꺼비가 되어도 좋아요."

2년 전에도 같은 말을 했다. 저 빵을 먹을 수만 있다면 두꺼비
가 된들 어떠랴. 지금은 저 빵을 먹는다고 두꺼비가 되지 않는다
는 걸 안다. 쿤라는 코웃음을 치며 다시 국자를 저었다. 그레시아
는 스튜를 먹었다. 그때처럼 잘게 간 고기가 들어 있었다. 그레시
아는 그릇에 묻은 스튜까지 설거지하듯 빵으로 싹싹 닦아 먹었
다. 커다랗게 트림이 나왔다. 살 것 같았다.

"고마워요, 쿤라 할머니."

"두꺼비 고기를 먹고 잘 먹었다고 하는구나. 오래 전에 뭣 모르
고 여기 와서 그걸 먹고 두꺼비가 된 아이지. 하도 성가시게 굴어

솥에 넣고 끓여 버렸어."

쿤라가 나무 컵을 식탁에 내려놓으며 심술궂게 말했다. 그레시아는 컵에 든 차를 마셨다. 시고 조금 달았다.

"산사열매 맛이 나요."

"그간 배가 고파 별걸 다 먹은 게로구나."

"혹시 산사열매가 소화가 잘되게 해주나요?"

"뭐?"

"저번에 여기 왔을 때요, 스튜를 먹으면 아플지도 모른다고 생각했어요. 며칠 굶다 갑자기 뭘 먹으면 기껏 먹은 걸 게워내게 되더라고요. 심지어는 배가 끊어질 듯 아파서 고생하기도 하고요. 알면서도 너무 배가 고파 먹지 않을 수가 없었어요. 그날도 다 먹고 나니 이 차를 줬어요. 배불러서 못 마실 것 같았는데 다 마시라고 윽박질러서 어쩔 수 없이 마셨죠. 처음에는 스튜가 워낙 부드러워 배가 안 아팠나 했는데, 이제 보니 이 차도 도움이 된 것 같아요. 이건 어떻게 만들어요?"

"그건 왜 물어봐?"

"오빠가 배앓이하면 주게……."

쿤라가 그레시아의 양어깨를 아플 만큼 단단히 쥐었다. 쥐똥처럼 작고 까만 눈동자에서 불꽃이 튀었다.

"절대로 그런 짓 하면 안 된다. 나한테 배웠다고도, 이런 걸 먹으면 저런 걸 마시면 몸에 좋다거나 병이 낫는다거나 따위 소리는 어디서도 해서는 안 돼!"

"알았어요, 안 할게요!"

그레시아가 대답했는데도 쿤라는 어깨를 놓지 않았다.

"맹세하거라."

"왜 그런 맹세를 해야 하는데요?"

그레시아가 겁에 질려 물었다.

"넌 질문이 너무 많아."

쿤라가 고개를 바짝 디밀자 숨에서 역한 냄새가 났다.

"그런 짓을 했다가는 마녀라며 마을에서 쫓겨날 거야. 넌 마녀
도 아닌데 말이지."

까마귀가 횃대에서 시끄럽게 울어 댔다. 고양이도 잠에서 깨 타
박하듯 울었다.

"그게 어때서요? 엄마가 날 또 숲에 버렸어요."

그레시아의 눈에서 눈물이 떨어졌다.

"네가 어른이 되면 네 엄마는 늙을 거야. 그럼 네가 버릴 수 있
지. 하지만 마을에서 쫓겨나면 살 방법이 없어."

"할머니도 숲에서 살잖아요."

"난 마녀잖니."

"그럼 저도 마녀가 될래요."

"마녀로 태어나야만 마녀가 될 수 있어."

"그럼 할머니는 마녀로 태어나서 마녀가 된 거예요?"

"그렇게 따지면 나도 아직 마녀가 아니지. 마녀로 태어나기는 했지만 아직 마녀는 아니거든."

"그게 무슨 말이에요?"

쿤라는 앞에 있는 의자에 앉았다. 의자가 삐걱거리는 게 마치 무겁다며 불평하는 소리처럼 들렸다. 검은 고양이가 늘어지게 하품을 하더니 쿤라에게 뭐라고 야옹거렸다.

"입 다물어."

쿤라가 말했다. 이번에는 까마귀가 천장을 빙빙 돌며 시끄럽게 굴기 시작했다.

"확 스튜에 넣어 버린다?"

까마귀가 횃대로 돌아갔다.

그레시아는 쿤라가 고양이와 까마귀를 어떻게 불렀는지를 기억해냈다. 고양이는 샤샤, 까마귀는 제머였다.

"안녕, 샤샤. 안녕, 제머."

그레시아가 인사하자 샤샤와 제머가 울음을 멈추고 그레시아를 바라보았다. 자기들 이름을 불러 놀라기라도 한 것처럼 말이다.

"잘 들어, 그레시아. 넌 마녀가 아니야. 원한다고 마녀가 될 수 있는 것도 아니지. 그러니 넌 숲에서 살 수 없어. 마을 가까운 곳에서 살면 사람들이 와서 괴롭힐 테고, 깊은 곳에서는 늑대나 곰이 나타날 거야."

"엄마는 늑대가 나오는 곳에 날 버렸어요."

"말했잖아. 살아남으면 네가 엄마를 버릴 기회가 올 거라고."

"난 엄마를 버리고 싶지 않아요."

"마을로 돌아가. 난 너처럼 어린아이를 거두지 못해. 어떻게든 엄마 옆에서 버텨. 그게 네가 어른이 될 때까지 살아남을 유일한 방법이야."

"어른이 되면요?"

"살아남을 확률이 더 높아지지."

쿤라가 그레시아를 향해 상체를 굽혔다.

"약속하렴. 무슨 일이 있어도 여기서 뭘 먹었는지, 그게 어떤 효과가 있는지 말하지 않겠다고."

그레시아는 눈을 내리깔았다. 위협이 통하지 않자 쿤라가 설득으로 방법을 바꿨다. 하지만 오빠가 아파도 주면 안 된다니……. 예전에 오빠가 굶주렸다가 겨우 먹을 게 생기자 급하게 먹는 바람에 죽을 뻔했다.

"적어도 사람들에게 들키지 않게 조심하겠다고는 해다오."

쿤라가 체념한 투로 말했다.

"약속할게요. 그냥 따뜻한 물을 먹었다고 할게요. 그리고 무슨 일이 있어도 할머니가 가르쳐 줬다고는 안 할 거예요. 사실 할머니가 가르쳐 준 건 아니잖아요? 제가 그냥 그렇게 생각한 거지. 이 약속은 어떤 일이 있어도 지키겠어요."

쿤라는 비웃듯 킬킬댔다.

"약속이라, 말이란 참 편리하지……. 그만 가서 자거라."

그레시아는 방구석에 있는 계단을 따라 올라갔다. 2층이랄 것도 없이 커다란 선반처럼 만들어 둔 곳에 부드러운 이부자리가 깔려 있었다.

눈을 뜨니 온 집 안에 달콤한 향이 가득했다. 그레시아는 환호성을 지르며 내려갔다. 아침햇살처럼 빛나는 버터, 건포도가 들어간 빵, 큼직한 토끼 고기가 들어간 스튜에 사과파이가 있었다.

그레시아는 쿤라의 눈치를 보다 갓 구운 빵에 버터를 올렸다. 버터가 사르르 녹으며 빵에 스며들었다. 고기는 연하고 쫀득했다. 국물은 깊고 따뜻했다. 이제 아끼고 아낀 사과파이만 남았다. 그레시아는 차마 먹지 못하고 망설였다.

"가져가면 안 된다. 먹든가 버리든가."

쿤라가 돌아보지도 않고 말했다. 2년 전에도 같은 말을 했다. 왜 그렇게 말하는지 알고 있었다. 엄마, 아빠, 다른 마을 어른들 모두 절대 숲에 깊이 들어가서는 안 된다고 했다. 숲에는 늑대, 곰뿐만 아니라 마녀가 산다. 마녀는 어린아이들을 잡아먹는다. 마녀를 만난 사람은 불길한 기운을 묻혀 온다.

2년 전에도 어제도 쿤라가 아니었으면 자기는 죽었을 거다. 그때나 지금이나 갓 차린 음식이 식탁 위에 있었다. 어젯밤 잔 이부자리는 자기 키에 딱 맞았다. 쿤라가 자기가 또 버림받은 줄 알고 불빛을 보내 자기를 데려온 게 분명했다. 잘 기억은 나지 않지만 처음에도 반딧불이 같은 파리한 불빛을 본 것 같았다. 불빛이 자기를 이 집으로 인도했던 것이다. 쿤라는 자기를 살려 주었다. 왜 다들 쿤라를 마녀라 부르면서 무서워하는지 모를 일이었다.

그레시아는 사과파이에 코를 대고 냄새를 맡았다. 새콤한 사과와 달콤한 캐러멜 향이 났다. 절로 행복해지는 냄새였다. 오빠에게도 먹이고 싶었다.

"오빠에게 절대 아무한테도 말하지 말라고 할게요."

"너도 못 믿는데 네 오빠를 믿으라고?"

몰래 숨겨서 가져갈까 하는 마음이 솟았다. 그레시아는 힘겹게 그 마음을 눌렀다. 마을 사람들은 가뭄이 들거나 소나 돼지가 기형으로 태어나면 모두 마녀 탓이라 했다. 아이가 죽거나 없어져도 마찬가지였다. 노인들은 젊은 시절 쟁기나 낫 따위를 들고 마녀를 죽이러 숲에 갔던 일을 무용담처럼 자랑했다. 그레시아가 집 주변에 가시나무를 키우는 건 자기를 보호하기 위해서였다.

오빠는 비밀을 지키겠지만 혹시라도 누군가 눈치채면…… 메뚜기 떼로 인해 제대로 수확한 게 없는데도 영주는 세를 걷는다며 집집마다 샅샅이 뒤져 숨겨 놓은 곡식을 가져갔다. 다들 먹을 게 없었다. 조금이라도 먹을 걸 구한 사람은 이웃집 몰래 먹었다. 사람들은 누가 뭘 먹는지 알아내려고 눈에 불을 켜고 살폈다. 이전에 곡식을 꿔갔다 갚지 않은 사람이 무언가를 먹는 모습을 보이면 피를 볼 때까지 싸웠다. 만에 하나 들켜 누가 자기에게 이런 귀한 음식을 어디서 얻었는지 물으면 뭐라고 답한단 말인가? 자기가 대답하지 않아도 사람들은 쿤라를 의심할 것이다. 달리 누가 있겠는가?

사람들은 아무리 가물어도, 장마로 농사를 망쳐도, 한겨울에도 마녀의 집은 언제나 먹을거리가 넘친다고 말했다. 적어도 그건 사실이었다. 가시나무가 아무리 튼튼해도 화가 난 어른들이 작정하고 달려들면 어쩔 수 없을 것이다. 그러니 여기서 다 먹고 가야 했다.

그레시아는 사과파이를 들고 씹었다. 달콤한 맛이 온몸으로 퍼졌다. 평생 이렇게 맛있는 음식을 먹어 본 적 없었다. 오빠는 영영 못 먹어 볼지도 몰랐다. 그 생각을 하자 눈시울이 붉어졌다.

샤샤가 혀를 차듯 야옹거렸다. 제머가 날아와 그레시아를 위로하듯 부리로 쓰다듬었다.

"고마워."

그레시아는 뒤뜰에 있는 우물에서 그릇을 깨끗하게 씻었다.

"고마웠어요, 쿤라."

쿤라는 돌아보지 않았다.

그레시아는 집을 나왔다. 분명 해가 떴을 시간인데 집 주위는 어두컴컴했다. 샤샤가 발치에서 작게 울었다. 그레시아는 샤샤를 따라 야윈 숲을 걸었다. 샤샤는 이따금 풀을 가지고 놀거나 뭔가에 정신이 팔려 혼자 뛰어가 사라지기도 했지만 다시 돌아와 그레

시아를 안내해 주었다. 쿤라의 집에서 멀어질수록 사위가 환해졌
다. 한참을 가던 샤샤가 멈춰 섰다.

"여기서부터는 혼자서 가란 말이지?"

샤샤가 앞발을 들어 핥았다.

"고마워, 샤샤."

그레시아가 머리를 쓰다듬으려 하니 샤샤가 목을 움츠려 피했
다. 그래도 몸으로 그레시아의 다리를 한번 슥 훑더니 달려 사라
졌다.

계속 가다 보니 익숙한 길이, 한낮인데도 음울한 마을이 나타났
다. 수확이 좋으면 겨울이라고 해도 이렇게 음침하지 않았다. 먹을
거리가 떨어지면 골목을 따라 부는 바람도 사나워졌다.

그레시아는 집 울타리를 밀었다. 좁은 마당을 지나면 바로 집이
다. 그레시아는 심호흡을 하고 문을 열었다. 엄마가 설마 하는 얼
굴로 달려와 그레시아를 끌어안았다. 아빠도 울먹였다. 엄마가 처
마에 단 종을 쳐, 동생을 찾아 숲으로 간 제르젠을 불렀다.

그날 저녁은 맹물에 가까운 수프였지만 엄마가 그레시아에게
한 국자 더 떠 주었다. 그레시아는 자기는 배가 많이 고프지 않으
니 오빠에게 주라고 말했다. 그레시아는 입이 짧아. 엄마가 말하며
오빠에게 덜어 주었다. 그레시아는 한 번도 음식을 양껏 먹어 보
지 못했다. 여유가 있을 때조차 좋은 건 언제나 오빠 차지였다.

"걱정했어. 혼자 숲에 가지 말라고 몇 번을 말해야 하니?"

오빠가 수프를 먹으며 나무랐다. 그레시아는 고개를 숙였다. 식탁에서 오빠만 모르는 연극이 진행되고 있었다.

2년 전에는 익숙한 길이 나타나자마자 달렸다. 집에 뛰어 들어가 엄마를 찾았다. 당연히 자기를 보고 달려와 안아줄 줄 알았다. 엄마는 얼어붙은 채 아무 말도 하지 않았다.

저녁에 아빠와 오빠가 돌아왔다. 아빠도 자기를 보고 엄마만큼 놀란 표정을 짓더니 잘 돌아왔다며 어색하게 안아 주었다. 오빠만 자기를 찾아 숲을 헤맸다고 진심으로 걱정하고 나무랐다.

그날도 엄마는 그레시아에게 묽은 수프를 한 국자 더 떠 주었다. 배가 고프지 않다며 사양했는데도 더 먹으라고 했다. 두 번째 돌아왔을 때에는 평소처럼 입이 짧다 운운하며 오빠에게 줬다. 아이를 버리는 것도 반복하다 보면 죄책감이 옅어지는 걸까?

그레시아는 며칠 뒤 쿤라를 찾아 숲으로 갔다. 그날 쿤라의 집을 나서며 분명 주변을 잘 봐 두었는데 가는 길이 보이지 않았다. 결국 허탕을 치고 집으로 돌아왔다. 다음 날 또 나갔다. 이번에는 안개가 자욱하게 껴 길을 잃었다. 점점 깊은 곳으로 가는 듯해 더럭 겁이 났다. 해도 지려고 했다. 그때 커다란 파리 한 마리가 날아와 주변을 맴돌았다. 그레시아는 파리를 따라갔다. 어두워지자 파리의 몸에서 예의 파르스름한 빛이 나기 시작했다.

"난 바보였어. 파리 소리가 나면 파린데……."

그레시아가 중얼거렸다. 빛이 나서 반딧불이인 줄 알았었다. 파리는 그레시아를 숲 가장자리까지 데려다 주었다.

그레시아는 포기하지 않았다. 눈이 내리는데도 얇은 카디건을 두른 채 나가 숲을 헤맸다. 손이 꽁꽁 얼었다. 이러다 동상에 걸릴 것 같았다. 그레시아는 더 걷지 못하고 그만 주저앉았다. 춥고 졸렸다. 그레시아는 잠이 들었다. 깨어나니 익숙한 2층 방이었다. 쿤라가 자기를 데려온 것이다. 그레시아가 기뻐 일어나려는데 샤사가 조용히 하라는 듯 앞발로 그레시아를 눌렀다. 그레시아는 소리가 나지 않게 조심하며 난간 사이로 아래를 내려다보았다.

토끼털 코트를 입고 값비싼 가죽 장화를 신은 나이든 남자가 와 있었다. 쿤라가 그에게 작은 유리병을 건넸다.

"양이 너무 적어."

"그 이상 쓰면 죽어. 주인을 치료하고 싶은 거야, 독살하고 싶은 거야?"

"뭐가 어쩌고 어째? 마녀 따위가……!"

남자가 허리춤에서 단도를 뽑았다. 쿤라는 물러서며 허공에 무언가를 뿌렸다. 허공에 악마의 형상을 띤 불꽃이 일었다. 남자는 식겁해 돈주머니를 집어던지고 도망쳤다. 불꽃이 사라졌다.

그레시아는 밑으로 내려갔다.

"어떻게 한 거예요?"

그레시아가 물었다.

쿤라는 대답 대신 작은 냄비에서 스튜를 떠 그릇에 담았다. 그러더니 오늘은 바빴다는 둥 손님이 밀렸다는 둥 하며 구시렁거렸다. 그레시아는 따뜻한 스튜를 본 것만으로도 행복했다. 집에서 먹을 수 있는 건 병들어 빨개진 밀로 만든 딱딱한 빵뿐이었다. 그나마도 하루에 한 번 겨우 먹었다. 오빠는 그레시아보다 조금 더 먹었는데, 엄마가 그레시아는 빨간 빵을 싫어한다며 오빠에게 더 주었기 때문이었다.

쿤라는 샤샤와 제머에게도 밥을 주고 자기도 그릇에 스튜를 담아 왔다.

"마녀랑 얽혀서 좋을 것 없어. 이제 오지 마."

"사람이랑 얽히면 뭐 좋나요?"

그레시아가 말했다.

샤샤가 마치 웃는 것처럼 가르릉거렸다. 그레시아는 바닥에 떨어진 돈주머니를 주워 식탁 위에 놓았다. 설거지도 하고 집 청소도 했다. 그 뒤부터 숲에 가면 어디선가 샤샤가 나타나 길을 안내해 주었다.

쿤라는 커다란 냄비에서 도망치려는 개미들을 숟가락으로 긁었다. 개미는 뜨거운 냄비 위에서 곧 죽처럼 바뀌었다. 쿤라는 거기에 재스민 오일과 꿀, 그 밖에도 그레시아가 뭔지 모를 가루를 섞고 주문을 외웠다. 그건 주로 나이든 사람들이 관절약으로 사 갔다. 영주의 심부름꾼 말고도 마을 사람들도 쿤라를 찾아왔다. 영주에게는 전속 의사가 있었지만 마을 사람들에게는 아무도 없었다. 사람들은 아플 때 먹는 약, 아이를 임신하게 해주는 약, 아이를 지우는 약, 아들을 낳는 약을 사러 왔다.

왜 아들일까?

가물거나 장마가 져 수확량이 좋지 않은 가을이 지나 겨울이 오면 마을 아이들 중 한둘이 숲에서 길을 잃고 돌아오지 않았다. 어른들은 마녀가 맛있는 음식으로 아이를 유혹해서 잡아먹었다고, 절대 숲에 깊이 들어가지 말라고 신신당부했다. 그런데 왜 사라지는 아이들은 대부분 여자아이들일까? 자신뿐만 아니라 오빠나 남동생이 있는 여자아이들은 늘 입이 짧다는 소리를 들었다.

그레시아는 눈치껏 쿤라가 하는 일을 거들었다. 나무의 인피로 섬유를 만들고, 양귀비 뿌리를 모으고, 집 근처에 동물의 간을 놔두었다. 인피 섬유는 점토와 함께 약병을 밀봉하는 데 썼다. 동물의 간은 말벌이 좋아했다.

쿤라가 만드는 건 대부분 진통제, 해열제, 각종 질병에 쓰이는 약이었다. 그레시아는 빠르게 약초의 이름, 서식지를 익혔다. 새귀풀은 열을 내리는 데 좋았지만 구하기가 힘들었다. 왜 새귀풀을 달여 먹으면 열이 내릴까? 새귀풀에 열을 내리는 힘이 있는 걸까? 만약에 새귀풀에서 그 힘만 뽑아내 저장해 둘 수 있다면 언제든 필요할 때마다 꺼내 쓸 수 있을 텐데…….

풍년이 들면 그레시아도 배곯지 않고 먹을 수 있었다. 엄마도 그레시아에게 입이 짧다고 말하지 않았다. 가물어 작물이 타거나 장마로 인해 작물이 녹아 버리면 쿤라도 그레시아에게 음식을 많이 주지 않았다.

"다들 야위는데 너만 살이 오르면 괜한 의심을 받을 거야."

쿤라가 무뚝뚝하게 말했다.

그레시아가 엄마에게 세 번째 버림받았던 겨울이 지나 초봄에 던첼이 찾아왔다. 그레시아는 숨도 쉬지 못하고 2층에 숨어 있었다. 던첼은 입버릇처럼 마녀들은 다 산 채로 불태워야 한다고 말하는 사람이었다. 마을 사람들이 안 그러는 척하며 쿤라를 찾아와 필요한 물건을 사는 줄 알고 있었지만 던첼도 그럴 줄은 몰랐다.

"마누라가 임신을 했어. 올 가을에 제대로 추수를 못하면 애고 마누라고 둘 다 죽을 거야."

던첼이 아무리 우는 소리를 늘어놓아도 쿤라는 절대 값을 깎아 주지 않았다. 쿤라에게 무언가를 받으려면 반드시 대가를 치러야 했다. 돈이 없는 사람들은 뭐라도 중요한 물건을 내놓았다. 아이의 처음 자른 머리카락이나 손톱, 발톱 같은 것 말이다. 쿤라는 그것들도 재료로 썼다. 던첼도 알고 있었다. 그래서 이번에는 손톱을 가져왔다. 쿤라는 받지 않았다.

"한 달간 기른 거야."

"네 손톱은 쓸모가 없어."

"독한 할망구 같으니. 그러니까 마녀가 됐지!"

던첼은 욕설을 퍼부었다. 묵묵히 듣던 쿤라가 손을 들었다. 던첼은 화급히 입을 다물고 품에서 작은 주머니를 꺼내 던졌다. 쿤라는 던첼에게 자루를 건넸다. 던첼은 낑낑거리며 자루를 메고 사라졌다.

던첼이 준 주머니에 들어 있는 건 그가 결혼하며 부인에게 선물했던 마노 목걸이였다. 던첼의 할머니 때부터 내려온 목걸이로 부인이 애지중지하며 귀한 날에만 걸었다.

"마법에는 대가가 따르지. 의미 있는 물건이 아니면 소용없어."

쿤라가 말했다.

"던첼 아저씨가 사 간 건 뭐였어요?"

쿤라는 대답하지 않았다. 그래서 그레시아는 마을로 돌아가 던첼을 지켜보았다. 마녀에게 사 온 물건이니 분명 몰래 쓰리라 생각했다. 그레시아의 짐작이 맞았다. 던첼은 모두 잠든 새벽에 살그머니 집을 나와 자루에 든 걸 자기 논에 뿌렸다.

그레시아는 왜 던첼의 농작물이 다른 사람의 것보다 잘 자라는지 깨달았다. 던첼은 쿤라에게 비료를 샀다! 던첼은 아이가 다섯인데 한 번도 버린 적 없었다. 엄마도 농사가 잘된 해에는 자기에게 잘해 주었다. 아이들도 먹을 게 풍족할 때는 아무도 숲에서 길을 잃지 않았다.

그레시아도 비료를 사고 싶었다. 하지만 자기는 쿤라에게 줄 게 아무것도 없었다.

한 달 뒤 던첼이 와 비료를 더 주지 않으면 쿤라의 집에 불을 놓겠다고 위협했다. 쿤라가 킬킬대고 웃었다. 제머가 횃대에서 날아올라 던첼의 머리 위를 한 바퀴 돌았다. 던첼이 비를 맞기라도 한 듯 머리를 털었다.

"쓸데없는 짓……!"

던첼이 갑자기 몸에 불이라도 붙은 듯 비명을 지르기 시작했다.

"제발, 아니야, 안 돼! 살려 줘!"

"겁도 없이 마녀를 저주하다니……. 네가 죽을 때까지 너희 집에서는 다리가 셋 달린 돼지가 태어날 거다!"

그레시아의 목소리가 마치 동굴에서 들리는 것처럼 깊고 무시무시해졌다. 던첼은 혼비백산해 도망쳤다. 그레시아는 숨어 있던 2층에서 나와서 던첼이 이리 뛰고 저리 뛰며 엉망으로 만든 집을 정리했다.

"비료를 더 주면 안 돼요? 던첼 아저씨네는 애들이 많아요."

"대가 없이 마법을 쓰면 땅이 어지러워져."

"정말로 던첼 아저씨 집에서는 이제 다리가 셋 달린 돼지가 태어나요?"

"셋이면 어때서?"

"에……."

듣고 보니 다리가 세 개라고 무슨 문제랴 싶었다. 걷기 힘들겠지만 어떻게든 익숙해질 것이다. 마을에서는 가끔 꼬리가 없는 강아지가 태어났다. 들고양이들 중에는 꼬리가 휜 놈들도 있었다. 고양이나 개들은 그런 데 개의치 않으며 서로 어울렸다. 그걸 불길하다고 싫어하는 건 사람들뿐이다.

"비료는 어떻게 만들어요?"

"넌 못 만들어. 난 못 가르치고."

하지만 그레시아는 이제 많은 걸 알았다. 버드나무 껍질에는 진통 효과가 있었다. 개미산은 관절염에 좋았다. 그러니 비료를 만드는 법도 알아낼 수 있을 것이다.

그레시아는 콩에서부터 시작했다. 콩을 심고 난 뒤 작물을 심으면 작물이 잘 자랐다. 그래서 사람들은 종종 땅에 콩을 심었지만 그걸로는 부족했다. 콩에서 작물이 잘 자라는 데 필요한 성분을 찾아내야 했다.

그레시아는 마녀의 집 뒤뜰에 자기만의 밭과 실험실을 만들었다. 밭에서 완두콩, 애기콩, 줄무늬콩, 검정콩 등을 보리, 밀 따위와 함께 심으며 무엇이 잘 자라는지를 살펴보았다. 실험실에서는 콩을 쪼개고 끓이고 갈아서 땅에 뿌렸다. 작물이 자랄 시간이 필요한 만큼 오래 걸리는 일이었다. 그레시아는 기다리는 동안 다른 실험들을 하며 쿤라가 어떻게 사람들을 겁주는지 알아냈다. 석송 가루에 불을 붙이면 강렬한 불꽃이 일었다. 그레시아는 양과 방향을 달리해 가며 석송 가루를 날리고 불을 붙였지만 쿤라처럼 머리에 뿔이 달리고 엉덩이에 꼬리가 달린 형상으로 불타오르지는 않았다. 그레시아는 포기하지 않았다. 그레시아의 실험실에서는 언제나 크고 작은 솥과 냄비가 끓었다.

그레시아는 쿤라의 집으로 가며 오늘은 반드시 악마 형상의 불꽃을 만드는 데 성공하리라 다짐했다. 쿤라의 집 앞에 제머가 앉아 있었다. 안에 손님이 있다는 뜻이었다. 그레시아는 집을 빙 돌아 뒤뜰 자기 실험실로 갔다. 실험실에서 석송 가루에 전과 다른 꽃가루를 섞고 가능한 한 넓게 퍼지도록 한 뒤 불을 붙였다. 엄청난 폭발음과 함께 실험실 지붕에 불이 붙었다. 제머가 날아와 정신 사납게 울어 댔다. 쿤라가 뒤뚱거리며 달려와서 무언가를 뿌리고 주문을 외웠다. 그러자 구름이 나타나더니 비가 내렸다. 그레시아는 불에 타고 물에 불은 실험실을 망연자실 바라보았다.

"이제 됐어."

쿤라가 말했지만 구름은 요지부동이었다.

"가라니까?"

쿤라가 신경질적으로 말했다. 구름은 실컷 비를 뿌리길 기대했다가 허탈하게 끝난 게 아쉬운지 방귀처럼 작은 번개를 하나 내리치고는 흩어졌다. 샤샤가 와서 쿤라를 보며 뭐라고 야옹거렸다.

"시끄러!"

그레시아는 혼란에 차 샤샤와 쿤라, 소란스럽게 빙빙 돌며 까악거리는 제머를 바라보았다. 머릿속에 있던 안개 하나가 걷히는 듯했다.

"쿤라는 샤샤, 제머와 말이 통하는 거죠? 막연히 느낌으로 아는 게 아니라, 제머와 샤샤의 말을 정확히 이해하는 거예요. 맞죠? 파리, 파리도요!"

이제 그레시아는 오줌에서 인을 추출할 줄 알았다. 인을 파리에게 묻히면 파르스름하게 빛났다. 하지만 파리들은 절대 그레시아의 뜻대로 움직이지 않았다. 쿤라의 파리들은 그녀의 지시에 따라 날았다.

"이제 소리 지르며 도망칠 차례야."

쿤라가 심술궂은 목소리로 말했다.

"전 못하는 거였어요."

그레시아가 절망해서 말했다.

"맞아, 넌 못해. 그건 그림자의 영역이거든."

처음 듣는 목소리가 들렸다. 그레시아가 고개를 돌리니 후드를 눌러 써 얼굴을 가린 뚱뚱한 여자가 지팡이를 짚고 서 있었다. 여자의 몸짓에는 병색이 완연했다.

"어떻게 해야 그림자의 영역에 들어갈 수 있죠?"

그레시아가 물었다.

"왜 굳이 들어가려 하지?"

여자가 되물었다.

"사람들을 돕고 싶어요!"

"왜 사람들을 도우려고 해?"

여자가 높낮이 없는 목소리로 물었다. 그레시아는 당황했다. 누군가를 돕고 사는 건 당연하고 좋은 일이었다.

"풍족하다면 아무도 아이들을 버리지 않을 거예요."

"풍족해도 아이를 버리는 사람들이 있어."

"풍족한데 왜 아이를 버려요?"

그레시아가 이해하지 못하고 물었다. 여자는 대답하지 않았다.

"적어도 먹을 게 부족해서 어쩔 수 없이 버리는 건 아니잖아요! 아픈 사람이 있으면 치료해 주고 싶어요. 작물이 잘 자라서 굶어 죽는 사람들이 없길 바라요."

"넌 마녀가 아니야. 그림자의 영역은 마녀만 들어올 수 있지."

"그럼 전 영영 할 수 없나요?"

"보통 사람이 그림자의 힘을 다루려면 큰 대가를 치러야 해."

"괜찮아요! 어떤 대가든 치를게요!"

다시 버림받고 싶지 않았다. 누구도 버림받지 않기를 바랐다.

여자는 병자 특유의 위태로운 걸음으로 그레시아에게 다가와 후드를 벗었다. 목소리를 듣고 쿤라만큼 늙은 줄 알았는데 젊은 여자였다. 얼굴은 넙데데하고 눈두덩은 축 늘어졌으며 피부에 생기라고는 보이지 않았다. 여자가 그레시아를 응시했다. 여자의 검은 눈동자가 점점 커지더니 흰자위를 모두 잡아먹어, 별도 뜨지 않은 그믐처럼 어둠으로 뒤덮였다. 그레시아는 여자가 몸을 마비시키는 주문이라도 건 양 꼼짝도 못하고 서 있었다. 주변이 공기로 가득 차 있는데도 숨을 쉬지 못해 질식할 것 같았다.

"키미아……."

여자의 눈동자가 원래대로 돌아왔다. 그제야 그레시아도 다시 숨을 쉴 수 있었다.

"키미아가 뭐예요?"

그레시아가 숨을 몰아쉬며 물었다.

"키미아는 그림자의 힘을 지식으로 구현하는 걸 뜻해. 키미아의 길을 걷는 이들을 키미안이라 하지."

"키미아로 비료나 약재를 만들 수 있어요?"

"아마도……."

"제게 키미아를 가르쳐 줄 수 있나요?"

"내가 가르쳐 줄 수 있는 건 글뿐이야. 글을 익히면 앞서 간 키미안들이 남긴 책을 통해 배울 수 있을 거야."

"배울게요!"

여자의 이름은 그리마였다. 그리마는 그레시아에게 글과 각종 물질을 뜻하는 기호를 가르치고 키미아를 배울 수 있는 책도 구해 주었다. 심부름꾼은 제머였다. 제머는 갈 때는 가볍게 날아갔다가 올 때는 발에 무거운 책을 움켜쥔 탓에, 흡사 낚싯줄에 걸린 물고기가 낚시꾼과 씨름하느라 수면을 오가듯 위태롭게 허공을 오르락내리락했다.

"쿤라는 글을 몰라요?"

그레시아가 물었다.

"마녀가 글을 왜 배워?"

쿤라가 퉁명스레 말했다.

"그리마도 마녀인데 글을 알잖아요."

"나도 굳이 글, 수학, 자연철학을 배울 필요가 있을까 싶었어. 그런데 이렇게 널 만났네. 모든 건 다 이유가 있는 거지."

그리마가 대답했다.

"배울 필요가 없는데 왜 배웠어요?"

그리마는 대답하지 않았다. 그레시아는 한숨을 쉬었다. 마녀들은 제대로 대답하는 법이 없다.

"약이나 먹어."

쿤라가 그리마에게 약을 가져다주었다. 쿤라는 툴툴대면서도 그리마를 살갑게 보살폈다. 처음에는 그림자의 영역에 속한 이들로서 자매애 같은 거라고만 생각했다. 가만 보니 그리마가 훨씬 어린데도 쿤라는 때로 그녀를 어른 대하듯 했다.

그레시아는 불가에 앉아 책장을 넘겼다. 키미아의 언어는 어려웠다. 어리석은 자가 힘을 가질 경우 세상이 어지러워지기에 일부러 난해하게 적어 둔 것이다. 진정으로 자기 자신을 바로 세우고 옳은 일을 하려는 자만이 키미아를 익혀 키미안이 될 수 있었다.

키미안들은 불, 물, 흙, 공기가 세상을 이루는 기본 원소라고 말했다. 물은 증발해 공기가 되고, 공기는 불을 일으키고, 불이 태운

건 다시 흙이 된다. 네 원소가 서로 조화를 이루면 세상과 사람 모두 평화롭고, 그중 하나라도 불화를 일으키면 크게는 세상이 흔들리고 작게는 사람의 건강이 나빠진다. 키미안들은 모든 원소의 근본을 이루는 단 하나의 근본 물질을 찾고자 노력했다. 근본 물질을 찾아 올바르게 사용한다면 세상이 조화로워지고 혼탁한 물질을 완전한 물질로 바꿀 수 있었다. 완전한 물질이란 바로 금이었다.

"키미아로 금도 만들 수 있어요?"

그레시아가 자기가 제대로 이해했는지 확인하고자 물었다.

"너도 교수대에 매달리고 싶니?"

쿤라가 킬킬 웃었다. 몇 년 전 철로 금을 만들 수 있다며 영주에게 돈을 받아낸 자가 사기꾼으로 밝혀져 교수형을 받았다. 영주가 본보기로 한 달간 시체를 걸어 놓아, 그레시아도 남자가 죽은 채 매달려 있는 모습을 보았다.

"금은 그 자체로 순수한 물질이야."

그리마가 말했다. 안 된다는 소리 같았다. 그레시아는 조금 낙심했다. 금만 있다면 좋은 쟁기와 약, 건강한 씨앗을 쉽게 구할 수 있는데…….

"각 물질의 성질을 이해하려면, 섞여 있는 물질에서 개별 물질을 분리할 수 있어야 해."

그리마가 말했다. 그녀는 증류, 용해, 결정화하는 법을 알려 주었고, 증류기, 가마, 각종 플라스크와 여과기를 만드는 데도 도움을 주었다.

그레시아는 조금씩 키미아의 세계를 익혀 갔다. 키미안들은 그림자의 세계에 존재하는 힘을 실제 세계로 가져오고자 했다. 그 매개체가 바로 근본 물질이었다. 단순히 금을 만들고자 근본 물질을 연구하는 게 아니었다.

그레시아는 키미아와 그림자의 세계가 주는 힘의 차이를 조금씩 이해했다. 숯이 타 재가 되면 양이 현저하게 줄어들었다. 그건 불에 타는 과정에서 숯을 숯이게 만드는 힘 혹은 물질이 빠져나갔기 때문이다. 그 원리가 무엇인지를 밝히고 그 힘을 어떻게 유용하게 쓸 수 있는지를 알아내는 건 키미아의 영역이다. 숯이 타 재가 되었을 때 특정한 도형과 그림이 만들어져 앞날을 점치게 하는 건 그림자의 영역이다.

그레시아는 간절히 마녀가 되고 싶었다. 그럼 이렇게 헤매며 배울 필요가 없을 텐데. 쿤라와 그리마는 날 때부터 그림자의 힘을 지니고 있었다. 그리마와 쿤라에게 몇 번이나 자기는 왜 마녀가 될 수 없는지 물었지만 둘 다 마녀는 되는 게 아니라는 말만 반복했다.

"마녀가 되고 싶어 하는 건 가장 어리석은 짓이야."

쿤라가 말했다.

"하지만 세상에는 마녀가 존재해요. 존재하는 건 이유가 있기 때문이에요."

"사람들에겐 미워할 대상이 필요해. 잘못된 일에 대해 책임을 물을 대상을 원하지. 곧 죽어도 자기 탓은 아니니까. 우린 그림자에서 태어나 그림자로 살아가. 우릴 부러워하지 마."

그리마가 말했다.

그레시아는 그림자의 힘은 포기하기로 했다. 어떻게 해도 자기는 제머와 샤샤의 말을 막연한 몸짓언어 이상으로 알아들을 수 없었다. 대신 점점 키미아의 세계에 빠져들었다. 키미아로 할 수 있는 일은 무궁무진했다. 대도시에서는 자줏빛 염류가 비싼 값에 팔린다고 했다. 그 염료를 만드는 데 쓰이는 틴나방 애벌레가 귀하기 때문이다. 다른 물질로 비슷한 색상을 만들어 낸다면 큰돈을 벌 수 있고, 그 돈으로 마을을 부유하게 만들 수 있을 것이다. 비료를 만들려면 초석이 필요했다. 초석은 똥거름에서 만들어지는데 필요한 비료의 양보다 똥거름이 적었다. 숙성시키는 데도 긴 시간이 필요했다. 재료와 과정을 단축시켜 비료를 만들 수만 있다면 영주에게 세를 내고도 마을 사람들이 먹고사는 데 아무 지장이 없을 것이다.

키미안들은 흙, 불, 물, 공기가 순환한다고 했다. 그럼 공기에서 거름을 만들 수 있지 않을까? 공기에서 거름을 만들어 낸다면 세상에 굶주릴 사람은 없으리라. 쿤라는 그레시아의 말을 비웃었다. 공기에서 거름을 만들 수 있다는 것 말고, 세상에 굶주릴 사람이 없게 되리라는 말을 말이다.

어느 날 그레시아는 호수가 전보다 맑아졌다는 느낌을 받았다. 두꺼비도 숫자가 줄어든 대신 크고 육중해졌다.

"호수가 맑아졌는데요?"

그레시아가 말했다.

"호수는 마녀가 지니는 힘의 원천이지. 물은 만물의 근원이니까. 그래서 마녀는 누구나 호수를 가꿔."

쿤라가 대답했다.

"호수가 맑아질수록 힘이 강해지나요?"

"그래."

쿤라는 드물게 뿌듯한 얼굴로 호수를 바라보았다.

"처음에는 그냥 진흙이었어. 호수의 형태를 갖추기까지도 오래 걸렸지."

"얼마나 오래요?"

쿤라는 대답하지 않았다.

그리마는 차츰 건강을 회복했고 여름이 시작할 무렵 쿤라의 집을 떠났다.

"어디로 가요?"

"모든 마녀는 언젠가 한 번은 자기 터전을 떠나야 해."

"그리마의 터전은 어디였어요?"

그리마는 침묵했다. 그레시아는 다른 질문을 찾았다. 그레시아에게는 아무리 벽에 막혀도 답을 찾을 때까지는 멈추지 않는 호기심이 있었다.

"키미안은요? 키미안도 언젠가 한 번은 자기 터전을 떠나야 하나요?"

그리마는 물끄러미 그레시아를 보았다. 눈이 검어지지 않았다.

"난 이미 너에 대해 말해 줬단다."

"다른 건 더 말해 줄 수 없나요? 혹시 제가 대가를 치르지 않아서요?"

그리마는 대답 대신 품에서 작은 주머니를 꺼내 건넸다.

"아, 그렇군요. 이제 알 것 같아요."

그레시아가 말했다. 그레시아는 수많은 실험을 하고 실패를 반복했다. 왜 안 되는지 원인을 찾으며 아무리 생각해 봐도 답이 나오지 않았다. 그러다 어느 순간 예고 없이 치는 벼락처럼 깨달음이 찾아왔다. 깨달음이 언제 올지는 알 수 없지만 답을 찾기 위해 갈구하고 노력한 시간 없이는 절대 오지 않았다.

지금 바로 그 깨달음의 순간이 왔다. 그레시아는 왜 마녀들이 대답하지 않는지 깨달았다. 마녀는 답을 알려 주는 대신 그레시아가 스스로 답을 찾을 때를 기다렸다. 다시는 만나지 못하는지 묻고 싶어졌지만, 그 역시 다시 만나거나 다시 만나지 못함으로써 답을 알게 될 일이니 묻지 않았다.

"지금 말고 나중에 꼭 필요한 순간에 열어 보렴. 반드시 너 혼자 있을 때 열어 봐야 해. 이 주머니는 쿤라에게도 보여 주지 마."

쿤라는 그리마가 주머니를 건네는 모습에 옷자락으로 얼굴을 가리며 뒤로 물러섰다. 샤샤는 털을 부풀렸고 제머는 겁에 질려 날아오르는 바람에 깃털이 빠졌다.

그리마는 쿤라와 그레시아에게 딱히 인사랄 것 없이 집을 나섰다. 쿤라가 그리마를 마중하듯 따라갔다.

"저 아이만이 아니라 많은 이들이 키미아의 영역을 깨우치게 되면……."

"언젠가 일어날 일이야. 영원한 건 없어. 마녀일지라도 예외는 아니지."

둘이 나누는 대화 소리가 점점 멀어져 갔다.

그레시아는 아직 자기가 뭘 할 수 있고 뭘 할 수 없는지, 다른 말로 어디까지가 키미아의 영역이고 어디까지가 그림자의 영역인지 완전히 파악하지 못했다. 하지만 그리마는 떠났고 이제 혼자서 키미아의 영역을 깨우쳐 나가야 했다.

그레시아는 그리마에게 배운 대로 비커와 플라스크를 필요한 모양과 수량만큼 만들었다. 키미아의 책에 있는 대로 해도 실험은 어느 날은 잘되었고 어느 날은 실패했다. 달걀을 삶은 뒤 찬물에 담그면 껍질이 잘 까져야 하는데 어떨 때는 매끄럽게 까지고 어떨 때는 흰자가 껍질에 달라붙는 것과 비슷했다. 그래서 많은 키미안들이 별, 달, 해의 운행과 날씨 등을 감안해 실험에 성공할 수 있는 날을 찾았다.

그레시아가 가장 먼저 만들고 싶은 건 비료였다. 그레시아는 분뇨를 따로 모아 각종 콩 추출물을 더한 거름을 밤에 몰래 논과 밭에 뿌렸다. 어떤 게 효과가 좋은지 알기 위해 각기 다른 곳에 다른 양을 뿌리며 모든 걸 기록했다. 마침내 성과가 보인다 싶었을 때 일이 터졌다.

그레시아가 사는 마을을 다스리는 영주는 왕의 다섯 째 아들이었다. 그는 왕이 아들인 자기를 홀대하고 영주들의 영지에 강압적으로 세금을 물린다는 명분으로 전쟁을 일으켰다. 그것도 여름, 밀과 보리가 막 자랄 무렵에 말이다. 보통 전쟁은 농번기를 피하기 마련인데, 영주는 미리 군량을 모아 뒀다가 기습한 것이다.

그레시아는 자기가 힘들게 만든 거름을 주며 가꿔 왔던 땅이 군마와 병사들에게 짓밟힌 걸 보았다. 겨울에 굶어 죽을 사람들이 생길 것이다. 아이들 몇이 숲에서 길을 잃으리라.

쿤라가 그레시아에게 페퍼민트 차를 따라 주었다. 그레시아는 힘없이 차를 마셨다.

"수확을 못하면 영주도 세금을 못 걷는데 왜⋯⋯."

"전쟁에서 이기면 왕이 직접 다스리던 영지를 얻을 수 있지. 거기서 벌충할 생각일 게다."

"우린 죽든 말든 상관없나요?"

쿤라는 묵묵히 차를 마셨다.

"그래서, 이 전쟁을 하려고 지난 몇 년 간 혹독하게 세금을 걷은 거군요!"

그레시아가 뾰족한 소리로 외쳤다. 아무것도 모르고 세금이라는 이름으로 곡식을 빼앗겼다. 엄마 아빠에게 몇 번이나 버림받았다. 쿤라가 아니었다면 자기는 이미 죽었을 것이다. 자기 목숨이 달린 일인데 사건이 터진 후에야 인과관계를 유추할 수 있었다. 그럼 뭐 하는가. 할 수 있는 게 없었다.

"왕이 자기를 뭐 얼마나 홀대했다고 전쟁까지 일으켜요?"

—풍족해도 아이를 버리는 사람들이 있어.

그리마가 했던 말이 떠올랐다. 왕이 자기 다섯 째 아들을 버린 걸까? 설사 왕이 버렸다 해도 다섯 째 아들은 영주다. 왕의 도움이 없어도 살아갈 수 있지 않은가.

그레시아는 아무것도 하지 못한 채 겨울을 맞이했다. 태어난 지 얼마 되지 않은 던첼의 막내딸이 제일 먼저 죽었다. 던첼과 그의 가족들이 오열하며 아이를 묻었다. 이어 어린아이들, 병약했던 노인들이 하나둘 죽기 시작했다. 엄마가 오빠와 자기를 버렸다. 아빠는 묵인했다. 전에는 마치 버리려는 게 아닌 듯 기다리라고 하더니 이번에는 대놓고 돌아오지 말라고 말했다.

그레시아는 손바닥으로 양 팔뚝을 비벼 열을 냈다. 엄마 아빠가 지난번에 오빠도 함께 버린 이후 오빠를 데려오게 해달라고 쿤라에게 몇 번이나 부탁했지만 매번 절대 안 된다는 답을 들었다. 남자아이는 마녀의 집에 와서는 안 된다는 것이었다. 쿤라가 하는 말에는 늘 이유가 있었다. 그 말을 들은 그 순간에는 깨닫지 못할지라도 말이다. 그레시아는 자기가 잠시나마 오빠를 두고 몰래 가버릴까 생각했다는 걸 깨닫고 스스로가 섬뜩해졌다. 버림받아 본 사람은 버릴 줄도 알게 되는 걸까.

제르젠이 잠에서 깼다. 추위 때문이었다. 아무리 불을 키워도 매서운 바람이 몰아치는 숲에서 이 이상 따뜻해질 수는 없다. 해가 뜨기 직전이 늘 가장 춥다. 모든 걸 포기하고 싶어지는 때다. 어떻게든 이 시간을 견뎌 살아남으면 해가 뜨듯 희망도 찾아올까?

"춥지?"

제르젠이 그레시아를 팔로 감쌌다. 체온을 나눠주려는 몸짓이었으나 얼음과 얼음을 맞붙인 형세로, 피차 나눠줄 온기가 없었다. 끔찍했던 밤이 지나고 해가 떴지만 기온은 조금도 오르는 것 같지 않았다.

"가자."

그레시아가 일어섰다.

"어디로?"

"여기 계속 있을 수는 없잖아."

둘은 온몸을 와들와들 떨며 걸었다. 그레시아는 쿤라의 집에 무사히 갈 수 있을지 두려워졌다. 예전에 쿤라의 집에 가려고 할 때마다 길을 헤맨 건 쿤라의 집으로 가는 길이 조금씩 바뀌기 때문이었다. 진정으로 가려는 마음이 있어야만, 대가를 치를 각오가 되어 있어야만 갈 수 있었다. 그때 그레시아는 가지 않으면 죽을 수밖에 없기 때문에 쿤라의 집에 갈 수 있었다. 나중에는 쿤라가 받아 주었기에 가능했다. 제르젠을 데리고 가도 쿤라의 집으로 가는 길이 열릴까?

새벽 겨울 숲에서 부는 바람은 온몸을 갈가리 찢어 놓는 듯했다. 가지 않으면 죽는다. 살려면 길을 찾아야 했다.

말벌 두세 마리가 위협적으로 두 사람 주위를 맴돌았다. 그레시아는 너무 기뻐 울음을 터뜨릴 것 같았다. 쿤라의 집이 가까워졌다는 뜻이었다. 동시에 제르젠을 데리고 오지 말라는 경고였다. 그렇다고 제르젠을 버릴 수는 없지 않은가. 마침내 쿤라의 집 앞에 도착했다.

"여긴 어디야?"

제르젠이 물었다. 그레시아는 대답 대신 문으로 다가갔다. 오면서 미리 설명해야 할지 고민했다. 그런데 어떻게 설명하란 말인가? 숲에는 어린아이를 잡아먹는 마녀가 있으니 조심하라고 어른들이 으르는 소리를 자라는 내내 들었다. 아이들을 버리는 건 어른들인데도 말이다. 마녀의 집으로 간다고 말하면 제르젠이 따라올 것 같지 않았다. 직접 쿤라를 만나면 어른들이 하는 말이 다 거짓말이었음을 알게 될 것이다.

말벌이 다섯 마리로 늘었다. 제르젠이 추위에 곱은 손으로 나뭇가지를 집어 공격하려 했다.

"그러지 마! 우릴 해치지 않을 거야."

그레시아가 제르젠의 팔을 잡았다.

"그걸 어떻게 알아? 말벌이잖아."

그레시아는 문을 열었다. 쿤라는 돌아서서 솥단지를 젓고 있었다. 뒷모습만으로도 얼마나 화가 났는지 느껴졌다.

"쿤라, 저 왔어요. 오빠도 같이요."

그레시아는 제르젠을 데리고 들어왔다.

"여긴 어디야?"

제르젠이 물었다. 그레시아는 찬장에서 빵과 버터를 꺼내고 스튜가 담긴 솥을 열었다. 자기와 제르젠이 먹고도 남을 양이 들어 있었다. 그레시아는 쿤라가 제르젠의 몫까지 준비했다는 사실에, 다른 말로 그를 내치지 않으리라는 점에 안도했다.

"일단 먹자."

같은 일이 반복되었다. 굶주리고 지친 제르젠은 오래전 그레시아처럼 빵으로 그릇까지 깨끗하게 긁어 먹었다. 그레시아는 산사나무 차를 내주었다. 제르젠은 차를 마셨다. 그레시아는 제르젠을 2층으로 데려갔다. 제르젠은 눕기 무섭게 곯아 떨어졌다.

그레시아가 내려오자 쿤라가 탁자에 앉아 기다리고 있었다.

"남자아이는 안 된다고 했잖아."

"죄송해요. 엄마가 이번에는 돌아오지 말래요."

그레시아가 자기로서도 다른 도리가 없으니 제발 받아들여 달라는 간절한 뜻을 담아 말했다.

"제르젠이 몇 살이지?"

"열다섯 살이에요."

"그럼 도시로 가서 장인의 도제로 들어갈 수도 있겠구나. 도시에는 키미안들이 있어. 여자는 잘 받아 주지 않지만……."

도시까지 가려면 한 달은 걸어야 한다. 그레시아에게는 여비도 없었고 가는 길도 몰랐다.

"사내아이가 마녀의 집에서 겨울을 보낼 수는 없어."

"제 실험실에서 지내면……."

"네 실험실도 내 그림자의 영역에 속해. 내일 당장 돌아가."

"집에 가 봐야 먹을 게 없어요. 우리가 돌아가면 엄마 아빠까지 넷 다 굶어 죽을 거예요."

쿤라는 끙 소리를 내며 일어섰다. 더는 가라고 말하지 않아 그레시아도 2층으로 올라가 잠이 들었다. 제르젠은 한밤중이 되도록 깨어나지 못했다. 밤새 추위에 떤 탓에 지독한 감기에 걸린 것이다. 그레시아는 쿤라에게 약을 달라 간청했다. 이대로 두면 제르젠이 죽을 것 같았다.

"마녀의 마법에는 대가가 필요한데 너희 둘 다 내게 줄 게 없어."

쿤라가 냉정하게 말했다.

"뭐든 대가를 치를게요!"

"'뭐든'이 뭔지나 알고 하는 소리냐? 사람들은 어떤 대가든 지금 고난보다는 나으리라 믿지. 자기가 뭘 감당할 수 있는지도 모르고 말이야."

쿤라는 돌아섰다.

그레시아는 자기가 치료해야 함을 깨달았다. 이제껏 몇 가지 약을 만들어 봤지만 사람에게 쓴 적은 없었다. 다치거나 아픈 동물들에게 아주 조금씩만 줬었다. 혹시라도 제대로 된 약이 아니라 오히려 더 아프게 할까 봐 걱정해서였다. 그래서 그레시아는 자기가 만든 약의 효과를 알지 못했다.

그레시아는 실험실 가마에 불을 올렸다. 센마초는 해열 작용이 있지만 평소 소화를 잘 못 시키는 사람에게는 설사나 구토를 일으킬 수 있다. 제르젠은 지금 그런 부작용을 견딜 만큼 건강하지 못했다. 모든 물질은 독이 있다. 키미안 중 약제사의 길을 걷는 이들은 그 독을 잘 쓰는 게 약의 시작이자 끝이라고 말했다.

그레시아는 어떻게 약을 만들어야 할지 고심했다. 센마초는 그늘지고 습한 곳에서 자라는 차가운 식물이다. 자차열매는 햇빛이 강하게 내리쬐는 곳을 좋아하는 따뜻한 식물이다. 그러니 자차열매가 센마초의 독을 중화해 줄 것이다.

그레시아는 제르젠에게 약을 먹이고, 눈을 담은 주머니로 이마와 겨드랑이를 닦으며 열을 내리기 위해 최선을 다했다. 며칠 뒤 제르젠이 깨어났을 때는 그레시아가 반쪽이 되어 있었다.

쿤라는 식재료를 쓰는 건 제지하지 않았다. 그래서 그레시아는 제르젠에게 영양가가 풍부한 좋은 음식을 듬뿍 먹여 주었다. 음식 정도는 그림자의 힘을 쓰는 게 아닌 걸까. 그레시아가 묻자 쿤라는 특유의 비웃는 얼굴을 했다.

"너희는 둘 다 마녀에게 목숨 빚을 졌어."

"갚을게요."

그레시아가 말했다. 쿤라는 들은 척도 하지 않았다.

그레시아와 제르젠은 건강을 회복했고 살이 올랐다. 제르젠은 늘 앙상했던 자기 몸에 살이 붙는 걸 불안하게 바라보았다.

"마녀는 우릴 살찌우고 있어. 어른들이 말한 거 기억 안 나? 마녀가 맛있는 음식으로 애들을 유혹해서 살을 찌운 뒤 잡아먹는다는 말 말이야!"

제르젠이 그레시아의 실험실에서 말했다.

"바보 같은 소리 하지 마."

"다들 굶주리고 있는데 마녀는 어디서 이런 음식이 나?"

"말했잖아. 그림자의 영역은 다르다고."

"숲에서 돌아오지 못한 다른 아이들은 어디 있지? 분명 쿤라가 잡아먹은 거야!"

"애들을 버린 건 애들의 엄마 아빠인데 왜 쿤라를 탓해? 우릴 버린 것도 우리 엄마 아빠야!"

"네 말대로 정말로 엄마 아빠가 널 버린 거라면, 왜 집에 돌아왔어? 쿤라랑 살지?"

"쿤라가 날 계속 돌볼 수는 없어. 쿤라는 우리 부모님이 아니잖아. 쿤라가 돌아가라고 했어. 그러면 언젠가 부모님을 버릴 기회가 올 거라고."

그레시아는 마지막 말을 하며 살풋 웃었다. 자기를 집에 돌려보내려고 한 소리였다. 하지만 말을 해도 꼭⋯⋯.

"너한테 부모님을 버리라고 했다고?"

"아니야! 쿤라는 그냥 나한테 집에 돌아가라고 설득하려고⋯⋯."

"엄마 아빠가 기다리라고 한 말은 거짓말이라면서 왜 쿤라 말은 믿어?"

"오빠를 살려 준 건 쿤라야."

"살찌워서 잡아먹으려는 거야! 집으로 돌아가자. 도망쳐야 해."

"말했잖아, 엄마가 돌아오지 말⋯⋯."

"네가 그냥 길을 잃은 거라니까? 엄마 아빠가 우릴 버릴 리가 없잖아!"

그레시아는 너무 놀라 말문이 막혔다. 제르젠은 아직도 부모님이 자기를 버리려 했다는 걸 믿지 않으려 들었다. 그럴 것이다. 버림받는 건 언제나 자기였으니까. 집에 음식이 부족해지면 엄마는 그레시아를 심부름 보내고 몰래 제르젠만 먹였다. 제르젠은 버림받을 수 있다는 사실 자체를 상상하지 못했다. 그래서 여전히 부정하려 드는 것이다. 마음 깊은 곳에서는 자기도 알고 있으면서……

"아직도 못 믿어? 난 벌써 다섯 번째라고 말했잖아."

"넌 성격이 까탈스럽잖아. 마른 빵은 싫어하고!"

그레시아는 아까보다 더 큰 충격을 받았다. 제르젠은 설사 엄마 아빠가 자기를 버린 게 사실이라 해도, 그게 자기 탓이라고 말하고 있었다. 둘 중 하나를 버려야 한다면 자기가 선택되는 이유를, 정말 모르는 거야?

"오빠 혼자 가."

"집에 가는 길을 찾아서 다시 올 테니까 기다리고 있어."

"다시 못 올 거야. 길이 계속 바뀌니까. 난 괜찮……."

"역시! 쿤라가 엄마 아빠가 우릴 찾지 못하도록 길을 바꾸고 있는 거였어. 넌 속고 있는 거야!"

제르젠의 말은 놀랍게도 그럴싸하고 설득력이 있었다. 그레시아는 당장 반박할 말이 생각나지 않았다. 제르젠이 실험실을 박차고 나갔다. 그레시아는 제르젠을 따라갔다. 제르젠은 쿤라의 집에 들어갔다. 쿤라는 바닥에 흩어진 돈을 줍고 있었다. 누가 또 돈을 집어던지고 간 모양이었다.

"우리 몸값이야!"

제르젠이 쿤라를 밀치더니 정신없이 금화를 주웠다. 쿤라는 넘어지며 벽난로에서 끓고 있는 솥에 얼굴을 부딪쳤다.

"아니야, 오빠! 그게 아니야. 그 돈을 건드리면 안 돼!"

키미안들은 엄격한 법칙 속에서 움직였다. 물과 알코올은 정확한 온도에서만 끓어 기체가 되었다. 약이 효능을 발휘하려면 약의 성분이 많아도 적어도 안 되었다. 마녀들 또한 자기들이 속한 세계의 규칙이 있었다. 마녀는 대가 없이 힘을 내줄 수 없었다. 저 돈은 마녀가 받은 대가였다. 규칙이 깨지면 조화가 부조화로 바뀌고 부조화는 반드시 문제를 일으켰다. 제르젠은 자기 행동이 어떤 문제를 일으킬지 몰랐다. 그레시아도 마찬가지였다. 하지만 분명 안 좋은 일이 생길 것이다.

쿤라가 비틀거리며 일어나 송진가루를 던졌다. 불꽃이 머리에 뿔이 달린 무시무시한 형상으로 타오르며 제르젠을 위협했다. 제르젠은 겁을 먹고 도망치는 대신 의자를 들어 불꽃을 공격했다. 사납게 달려드는 말벌에게는 주먹을 휘둘렀다.

제머가 날아올라 천장에서 빙빙 돌았다. 샤샤가 털을 곤두세우고 제르젠에게 앞발을 휘둘렀다. 그레시아는 오래도록 쿤라의 집을 드나들었기에, 제머는 제르젠이 돈을 갈취하려 든 자로서 마땅한 대가를 치르게 하려 하고, 샤샤는 그가 지금이라도 물러서도록 말리려 함을 볼 수 있었다. 그러나 제르젠의 눈에 제머는 당장 자기 손에 닿지 않는 곳에서 날아다니는 까마귀였고, 샤샤는 자기를 공격하는 고양이였다.

제르젠이 있는 힘껏 샤샤를 발로 걷어찼다. 샤샤는 공처럼 날아가 땅에 떨어지더니 일어나지 못했다.

"집으로 가자, 그레시아. 이 돈이면 우리 가족이 몇 년은 걱정 없이 살 수 있어."

"그건 우리 돈이 아니야."

"우리 같은 어린애를 살찌워 잡아먹고 번 돈이야!"

"그렇지 않아!"

제르젠은 그레시아를 잡아 데려가려 했다. 그레시아는 제르젠을 뿌리쳤다.

"그레시아……!"

제르젠은 오래도록 아끼며 보살펴 온 동생이, 자기가 아닌 마녀를 택하는 걸 보았다. 믿을 수 없는 일이었다. 제르젠은 잠시 넋을 놓고 있다가 문을 박차고 나갔다.

그레시아는 무엇부터 해야 좋을지 몰랐다. 제머는 다행히 멀쩡했으나 쿤라와 샤샤가 다쳤다. 쿤라가 일어섰다. 솥에 얼굴을 부딪쳐 심한 화상을 입었다. 샤샤는 가쁜 숨을 쉬며 쉿소리를 내고 있었다. 쿤라가 힘겹게 찬장을 가리켰다. 그레시아는 거기서 화상약을 꺼냈다.

"그 옆에 거!"

쿤라가 말하며 샤샤를 보았다. 그레시아는 그 옆에 있던 약을 꺼내 샤샤에게 다가갔다. 샤샤는 그레시아도 경계하며 이빨을 드러냈다. 갈비뼈가 부러지며 폐를 찔렀는지 피거품을 물고 있었다.

"어떡해, 샤샤, 어쩌면 좋아, 정말 미안해……."

"이리 줘."

쿤라가 와서 할퀴며 몸부림치는 샤샤를 단단히 잡고 입을 벌려 약을 넣었다. 샤샤가 축 늘어졌다. 쿤라는 솥으로 가 샤샤가 할퀸 손등에서 흐르는 피를 넣어 저었다.

"제머! 이 굼벵아, 뭐 하는 거야?"

쿤라가 고함을 질렀다. 제머가 제르젠이 밟고 간 흙, 잠자리에 떨어져 있던 머리카락을 가져왔다. 쿤라는 그것들도 솥에 넣었다.

"제르젠을 저주하지는 않을 거죠? 쿤라, 제르젠은 그냥 모르고……."

"샤샤를 죽게 놔두라고?"

쿤라의 눈이 사납게 타올랐다.

"아뇨, 아니에요, 그런 뜻이 아니라……. 샤샤, 미안해, 정말 미안해……. 쿤라, 제발……."

그레시아의 눈에서 눈물이 쏟아졌다. 그레시아를 노려보던 쿤라가 제머에게 눈짓하니 제머가 빈 유리병을 가져왔다. 그레시아는 자기 눈물을 유리병에 받았다. 쿤라는 그레시아의 눈물을 솥에 뿌렸다. 솥에서 검고 붉은 연기가 뭉게뭉게 피어올랐다. 그러더니 천둥처럼 요란한 소리와 함께 솥에서 쿤라가 끓이던 게 폭발했다. 쿤라는 집에 불이라도 난 것처럼 자욱한 연기 속에서 솥에 남은 액체를 그릇에 담아 샤샤에게 먹였다.

첫 번째 약으로 인해 몸은 마비되었어도 정신은 잃지 않아 두려움과 분노에 차 있던 샤샤의 눈빛이 조금씩 평온해졌다. 쿤라는 두 손으로 샤샤를 소중하게 안아 올려 쿠션을 깐 의자에 눕혔다. 샤샤는 하품을 한번 하더니 몸을 동그랗게 말고 잠이 들었다.

"쿤라도 치료해야죠."

그레시아가 화상 연고를 내밀었으나 쿤라는 본 체 만 체하고 바깥으로 나갔다. 그레시아도 따라갔다. 쿤라는 호수에 자기 얼굴에서 흐르는 진물과 피를 떨어뜨렸다. 호수에 마을 풍경이 비쳤다. 제르젠이 집으로 들어갔다. 집에 던첼이 와 있었다. 제르젠은 돈을 감추려 했지만 늦었다. 엄마, 아빠, 던첼은 제르젠의 이야기를 듣더니 마을 사람들을 소집했다.

"마녀가 우리 아이들을 잡아가 팔고 있었어!"

"마녀가 저주를 해 우리 집에 다리가 셋 달린 새끼 돼지가 태어났어!"

"마녀를 없애야 해!"

"마녀의 집에는 먹을 게 풍부해."

"우리 먹을거리를 마녀가 훔쳐간 거야!"

수십 명의 사람들이 쇠스랑, 도끼, 낫 따위로 무장하고 기세등등하게 숲으로 달려오기 시작했다.

"말도 안 돼……. 쿤라, 도망쳐야 해요!"

"마녀가 갈 곳이 어딨어."

쿤라는 뜻밖에 담담했다. 그녀는 집에 들어가 빵과 과일 따위를 담요에 싸서 그레시아에게 내밀었다. 제머가 날아올라 빙빙 돌았다. 자기를 따라오라는 것 같았다.

"저만 갈 수는 없어요. 제가 사람들에게 말할게요."

"여기서 먹고 잔 네 오빠도 널 못 믿는데 누가 널 믿겠니?"

"하지만……."

"샤샤를 데리고 가."

"같이 가요."

쿤라가 그레시아와 눈을 마주했다.

"나도 한때 마을의 아이였단다."

"설마 쿤라도 버림받았던 거예요?"

"말했지? 마녀에게 받는 건 언제나 대가가 따른다고. 샤샤는 지금 많이 약해. 반드시 누군가 옆에서 보살펴야 해. 샤샤를 안전한 곳으로 데려가라. 날이 밝을 때까지 절대로 돌아와서는 안 돼. 그게 내가 네게 받을 값이다."

"그래도……."

"샤샤와 나는 함께 버려졌지. 샤샤가 내게 얼마나 중요한 존재인지 알겠니? 가라. 무슨 일이 있어도 돌아봐서는 안 돼."

제머가 독촉하듯 까악거렸다. 그레시아는 따뜻한 담요로 샤샤의 몸을 감쌌다. 샤샤가 눈을 반쯤 뜨더니 도로 잠들었다. 그레시아는 제머가 이끄는 대로 숲을 걸었다. 돌아보려 할 때마다 제머가 그러면 안 된다고 야단치듯 울었다.

제머는 그레시아를 작은 동굴로 데려갔다. 몸을 뻗기에도 좁은 공간이지만 입구를 마른 나무로 가리자 찬바람은 들어오지 않았다. 그레시아는 샤샤를 끌어안아 체온을 나누어 주었다. 샤샤가 작게 한숨을 쉬었다. 샤샤는 세게 끌어안기도 겁날 만큼 약해져 있었다.

— 나도 한때 마을의 아이였단다.

— 열다섯 살이면 도시로 가서 장인의 도제로 들어갈 수도 있겠구나.

그레시아는 쿤라의 집에 있던 아이들이 쓰기에 적당한 크기의 이불, 베개, 여벌 옷 따위를 떠올렸다. 자기가 쿤라가 구한 첫 아이가 아니었다. 쿤라는 아이들이 처한 상황에 따라 살길을 마련해 주었을 것이다. 다 구하지는 못했을지라도 최선을 다해 왔다.

제머는 동굴을 떠났다. 잠시 열렸던 입구를 통해 타는 냄새가 들어왔다. 그레시아는 동굴 밖으로 고개를 내밀었다. 쿤라의 집 쪽에서 검은 연기가 피어오르고 있었다. 그레시아는 샤샤를 내려놓고 쿤라에게 가려고 했다.

— 마녀에게 받는 건 언제나 대가가 따른단다.

— 샤샤는 지금 많이 약해. 반드시 누군가 옆에서 보살펴야 해.

샤샤가 몸을 떨었다. 이대로 두고 갔다가 샤샤가 죽기라도 하면……. 그레시아는 샤샤를 품에 안고 차가운 돌 벽에 등을 기댔다.

쿤라는 얼어 죽을 뻔한 제르젠을 살려 줬는데 어떻게 이럴 수가 있지? 샤샤가 뭘 잘못했다고 발로 걷어찬단 말인가? 엄마 아빠는……! 누군가를 미워하지 않기란 얼마나 힘든가. 그것도 상대가 가족일 경우에는…….

엄마 아빠에게 처음 버림받았던 밤과는 비교할 수도 없을 만큼 긴 밤이 깊어 갔다. 쿤라는 괜찮을까? 가시나무와 말벌, 불꽃 정도로 어른들을 막을 수 있을까? 아직 어린 제르젠에게도 먹히지 않았는데? 불꽃을 보고도 달려들다니……. 여기서 이렇게 가만히 있어도 되는 걸까. 그레시아는 약속을 지킨다는 게 이렇게 힘든 일일 줄 상상도 하지 못했다.

영원히 제자리에 있을 것 같은 달이 지고, 해가 떴다. 그레시아는 입구를 가린 나뭇가지를 치우고 나왔다. 쿤라의 집은 동굴에서 동쪽이라 햇빛이 눈을 찔렀다. 어떤 키미안은 근본 물질은 아침 첫 햇살처럼 찬란한 모습으로 나타나리라 했다. 그레시아는 손으로 가림막을 만들고 해를 향해 걸으며 어제까지와 오늘 이후는 결코 같을 수 없음을 깨달았다.

쿤라의 집은 완전히 허물어져 있었고, 아직도 곳곳에서 연기가 피어올랐다. 자신의 실험실도 마찬가지였으며 실험도구는 솥뿐만 아니라 작은 비커 하나 남김없이 박살나 있었다. 어떤 마법도 증오에 찬 사람들을 막기에는 역부족이었다.

쿤라는 호수를 바라보며 서 있었다. 그녀의 뒷모습은 짚이 다 빠져 새끼 참새도 무서워하지 않을 오래된 허수아비 같았다.

"사람들이 호수까지 메웠어요?"

그레시아가 고통스럽게 외쳤다.

7년 전 처음 봤을 때는 호수가 아니라 늪처럼 보였다. 그간 쿤라가 혼신의 힘을 다해 맑게 가꾸어 왔는데 하룻밤 사이에 흙으로 돌아갔다.

쿤라가 몸을 돌리더니 팔을 내밀었다. 그레시아는 샤샤를 건네주었다. 쿤라는 산들바람에도 날아갈 깃털처럼 샤샤를 고이 받아 품에 안았다. 샤샤가 잠결에 입맛을 다셨다. 나으려는 모양이었다.

"마녀는 마녀로 태어나지만 꼭 마녀가 되어야 할 필요는 없지."

"네?"

"마녀가 되려면 절망이 필요하단다. 절망이 깊을수록 마녀의 힘도 강해지지."

쿤라의 목소리와 표정은 깊고 공허했다.

"설마 일부러……."

그레시아는 쿤라가 일부러 사람들을 도발했는지 물으려다 화급히 입을 다물었다. 그랬을 리 없다. 쿤라는 여기서 버림받는 아이들을 도우며 살기 바랐다.

"일부러 하는 절망은 절망이 아니야."

또 다시 깨달음이 그레시아를 찾아왔다.

"그리마는 이미 절망했던 거죠? 그래서 그렇게 아픈 몸으로 여기 왔던 거예요."

그리마는 절망했고 그로 인해 아팠으며 진정한 마녀가 되었다. 그래서 쿤라가 자기보다 어린 그녀를 어른처럼 대했던 것이다.

"이제 어떻게 하실 거예요?"

"마녀의 숲으로 가서 새 힘으로, 새 호수를 가꿀 거다. 이번엔 쉽게 만들겠지."

쿤라는 조금도 기뻐 보이지 않았다. 누가 절망을 바라겠는가.

"샤샤가 여기 있었다면 무사하지 못했을 거야. 네가 샤샤를 구한 게 제르젠이 치러야 할 대가까지 넘어설지는 두고 보자꾸나."

"그럴 수도 있어요? 오빠 때문에 이 많은 일이 생겼는데도요?"

"진심 어린 눈물은 증오보다 강하단다."

쿤라는 안전한 곳에 샤샤를 내려놓고, 부러진 나뭇가지를 주섬주섬 엮어 빗자루를 만들었다. 그러더니 샤샤를 품에 안고 빗자루에 올랐다. 빗자루는 하늘로 솟구쳐 삽시간에 사라졌다. 제머가 그레시아의 머리 위에서 한 바퀴 돌더니 쿤라를 따라갔다.

그레시아는 잔해를 헤집으며 쓸 만한 물건을 찾았다. 불에 그슬리긴 했어도 옷가지 몇 개는 건질 수 있었다. 그레시아는 정오가 되어서야 쿤라가 완전히 떠났다는 사실을 알았다. 그리마도 인사

없이 갔었다.

"마녀들이란……."

그레시아가 중얼거렸다. 이젠 어째야 하는지를 생각하다가 그리
마가 준 주머니에 생각이 미쳤다. 그레시아는 주머니를 열었다. 편
지와 인장이 박힌 반지, 약간의 돈이 들어 있었다. 편지에 쓰인 내
용은 단 한 줄이었다.

— 토플러 영지로 가서 그리마가 보냈다고 말해.

글을 익혔고, 책을 살 돈이 있고, 수학과 자연철학도 배울 수 있
는 여자…….

맙소사, 이렇게 당연한 걸 몰랐다니!

인장이 박힌 반지 없이도 진즉 알아차렸어야 했다. 그리마는 귀
족이었다. 귀족의 딸인데도 사람들이 증오하고 두려워하는 마녀로
태어났다. 누구나 마녀로 태어날 수 있었다.

그레시아가 몇 걸음 걷는데 뒤에서 인기척이 들렸다. 돌아보니
당연한 일처럼 제르젠이 죄책감, 후회, 자책에 빠져 서 있었다.

"믿고 싶지 않았어. 그런데 집에 돌아갔을 때 부모님 표정
이……."

"알아."

"쿤라는?"

"쿤라는 괜찮아."

제르젠은 자기가 만들어 낸 참사를 차마 마주하지 못하고 주먹으로 뜨거워진 눈두덩을 눌렀다.

"샤샤…… 많이 다쳤어? 발끝에 차이던 느낌이 사라지질 않아. 뼈가 부러지는 것 같았는데……."

"샤샤는 나을 거야. 진짜 문제는 오빠와 우리 부모님, 마을 사람들이야. 언젠가, 어떻게든 대가를 치르게 될 거거든."

그레시아의 마음이 무거워졌다.

"잘못에 대한 대가잖아."

제르젠이 힘겹게 말했다.

"오빠는 이제 어떡할 거야?"

"모르겠어, 너는?"

그레시아는 그리마의 편지를 읽어 주었다.

"너 글을 읽을 줄 알아?"

제르젠이 소스라치게 놀라 물었다.

"여기 잠시 들렀던 마녀인 그리마가 가르쳐 줬어. 이 외에도 많은 걸 알려 줬지. 쿤라는 도시에 가면 키미안을 만나 더 배울 수 있을지도 모른다고 했어. 토플러 영지에 가면 그럴 기회가 올지도 몰라. 하지만 거기로 가야 할지 잘 모르겠어. 우리 영주는 전쟁을 일으켰어. 이 영주는 뭐가 다를까?"

"네가 한 말 기억나? 왜 영주가 세금을 올렸는지를 너무 늦게 알게 되었다고. 어떤 영주든 우릴 받아 줘서 그 밑에서 일하게 된다면 적어도 그렇게 무력하지는 않을지도 몰라. 어떻든…… 더는 여기 있을 수 없잖아. 나랑 같이 가자. 그리마라는 마녀가 쿤라와 닿아 있다면, 그 영지가 그리마와 연결된 곳이라면 언젠가 먼 길을 돌더라도 사과할 기회가 올지도 모르니까."

그레시아는 언제나 선량하던 제르젠의 눈빛이 달라졌음을 보았다. 자기 안의 어둠을 보기 전과 이후는 같을 수 없다. 제르젠도 자기처럼 하룻밤 사이에 다른 존재가 되었다. 정확히 어떤 존재가 되었는지는 시간이 알려 주리라.

그리마는 모든 마녀는 언젠가 한 번은 자기 터전을 떠나야 한다고 했다. 어쩌면 키미안도 그럴지도 모른다. 그럼 언젠가 절망을 통해 진짜 키미안이 되는 걸까?

둘은 숲을 빠져나가는 길을 따라 나란히 걸었다.

아케리

김창규

김창규

1993년 공동작품집 《창작기계》에 첫 글을 실은 뒤 2005년 〈별상〉으로 과학기술창작문예 중편 부문에 당선되었다. 〈업데이트〉, 〈우리가 추방된 세계〉, 〈우주의 모든 유원지〉로 1회, 3회, 4회 SF 어워드 단편부문 대상을 수상했고, 2회 SF 어워드에서는 〈녀수〉로 우수상을 수상했다. 작품집으로 《우리가 추방된 세계》《삼사라》가 있고 《독재자》《백만 광년의 고독》 등 공동 SF 단편집에 참여했다. 옮긴 책으로 《뉴로맨서》《이중도시》《유리감옥》 등이 있다. 창작 활동과 번역 외에 SF 장르 관련 각종 강의를 진행하고 있다.

누군가가 게걸스럽게 식량을 먹어 치우는 소리에 종오는 또 한 번 입을 다물고 설명을 멈췄다. 동물 가죽을 이어 붙인 천막 안에서 종오를 중심으로 둥글게 모여 집중하던 동료들은 기다렸다는 듯 저마다 몸을 움직이며 부산을 떨었다.

그래도 그의 눈치를 볼 만큼의 지각은 다들 있었다. 단 한 명, 도마만이 음식을 머금은 채 꿋꿋이 입을 우물거리고 있었다.

"내가 말할 땐 다른 짓 하지 않을 거라고 했지."

종오는 식량 가방을 끌어당겨 등 뒤에 놓고, 자신보다 키가 두 배는 큰 도마에게 꾸짖는 투로 말했다. 도마는 손에 든 식량과 종오를 번갈아 보았다. 그의 눈동자가 불안하게 흔들리다가 차츰 종오를 향해 움직이기 시작했다.

도마는 먹을 것을 포기하고 두 손을 얌전히 허벅지에 올려놓았다.

종오는 숨을 들이켜 마음을 다잡고 말했다.

"처음부터 다시 해보자. 이번에 또 내 말을 끊으면 화를 낼 거야."

그 말이 얼마나 효과 있을지 확신할 순 없었지만 도마를 붙들고 처음부터 가르치기에는 시간이 많지 않았다. 종오는 땅에 내려놓았던 금속 막대를 다시 집었다. 막대야말로 사냥 무리에서 그가 차지하는 지위를 상징했다.

무리의 눈동자 다섯 쌍이 흠 없이 매끄러운 금속 막대의 광택을 따라 움직이면서 한층 더 빛을 냈다.

종오는 흙바닥에 채 완성하지 못했던 그림을 전부 지우고 처음부터 한 획씩 다시 그렸다. 작은 삼각형이 완성되자 그가 말했다.

"이게 천막이야. 이 속에 우리가 있어. 지금."

무리 대부분이 고개를 끄덕였지만 하나가 만족하지 못하고 고개를 갸웃했다.

"마을 어딨어? 맨날 마을부터 그렸잖아."

비교적 깔끔하게 질문한 사람은 나위였다. 종오는 최대한 다정하게 웃으면서도 얼른 대답했다. 답이 나올 때까지 걸리는 시간과 무리의 집중력은 반비례하기 마련이었다.

"이번엔 마을을 그리지 않을 거야. 너무 멀거든. 우리는 사냥을 나왔잖아. 사냥이 끝나면 돌아갈 마을을 그려 줄게. 자, 다시 해보

자. 이게 천막이야. 우리는 어디에 있지?"

나위는 길이 차이가 너무 심해 불편한 손가락들을 오므리고 펴더니 대답했다.

"천막 안에."

"맞았어. 잘했어. 그다음에 이건……."

종오는 적당히 떨어진 곳에 소용돌이를 그렸다.

"우리가 갈 곳이야."

그는 우리가 가야 할 곳이라고 말하고 싶었지만 꾹 참았다. 의무나 임무는 그 무엇보다 가르치기 어려운 개념이었다. 반면에 '앞으로 벌어질 일'이라는 개념은 따로 가르칠 필요가 없을 정도로 다들 잘 알고 있었다.

하루에도 몇 번씩 보곤 하는 환상 때문이었다.

따라서 동료에게 지시를 내리고 이해시키려면 앞날에 벌어질 일이라 설명하는 편이 가장 확실했다.

"여기 가면 인간이 있을 거야. 하얀 옷을 입은 인간과 초록 옷을 입은 인간이 있어. 내가 초록 인간을 보면 어떻게 될 거라고 했지?"

"초록 인간을 보면 우리가 물어뜯을 거라고 했어."

도마와 나위 뒤에서 고개만 내밀고 있던 선주가 말했다. 선주는 늘 다른 이보다 주의가 산만했지만, 일단 한번 집중하고 나면 포기하지 않았다. 종오는 선주가 남들보다 늦게 집중하는 이유가 왕

성한 호기심 때문이라는 점을 알고 있었다. 호기심이야말로 마을에서 찾아보기 어려운 속성이었다. 종오는 호기심이 있는 주민이 선주 하나뿐이라고 생각하고 있었다.

"그래, 초록 인간은 물어뜯고 하얀 인간은 그냥 두게 될 거야. 하지만 하얀 인간이 앞을 막으면 그 사람도 물어뜯을 거야. 그래도 너무 오래 물어뜯진 않을 거야. 사냥 나오기 전에 그 이유도 설명했는데 말해 볼 사람?"

대답이 쉽게 나오지 않았다. 종오는 동족의 기억을 돕기 위해 흙 위에 천천히 사각형을 그렸다.

사각형이 완성되기 전에 선주가 기쁜 표정을 지으며 말했다.

"사람을 무는 것보다 검은 문에 뛰어드는 게 더 중요할 테니까!"

종오는 식량 가방에 손을 넣어 반쯤 굳은 고깃덩어리를 꺼냈다. 선주는 그가 상으로 던진 고기를 잽싸게 받더니 당장 먹을까 말까 고민하다가 헐렁한 바지 주머니에 집어넣었다.

'환상 속에서 소용돌이에 뛰어든 게 선주였을까?'

종오는 그럴 가능성이 높다고 생각했다. 세상을 떠난 아버지도 해답은 선주일 거라고 했다. 아버지는 모든 것이 단 하루 만에 결정되며, 자신은 그전에 죽을 거라고 말했다. 그 하루에 온 세상의 역사와 우주의 시간이 전부 달려 있다고도 했다. 그토록 중요한 순간을 향해 마을에서 가장 똑똑한 이가 검은 문을 무사히 통과하도록 인도하는 것이 종오의 사명이라고 했다.

하지만 어떤 환상도 앞일을 뚜렷이 보여 주지 않는다는 점이 큰 문제였다.

"그래, 우리는 소용돌이를 지나 검은 문에 갈 거야. 가서 안으로 뛰어들 거야. 그러면 인간이 아주 많은 곳에 도달할 거야. 그다음 엔 무슨 일이 생긴다고 했지?"

선주의 주머니에 모여 있던 눈동자들이 깜짝 놀라기라도 한 듯 종오를 바라보았다.

"제일 먼저 만나는 인간을 물 거야!"

종오는 조금 더 목소리를 높였다.

"또 그다음에는?"

어느새 종오의 동료들은 입을 맞춰 똑같은 말을 외치고 있었다. 태양이 642번 다시 뜨는 동안 한 글자도 다르지 않게 가르쳐 왔 던 말이었다.

"첫 번째 사람은 한 입, 그다음 사람도 한 입, 그다음도 한 입. 네 번째부터는 하고 싶은 대로 한다! 우리는 자유다! 누구를 물 든 얼마나 물든, 우리는 자유다!"

• • •

동료 다섯은 천막 기둥에 접근하면 큰일이라도 나는 것처럼 서 늘한 숲속 공기가 조금씩 새어 들어오는 천막 가장자리에서 몸을 웅크려 자고 있었다. 몸을 붙이고 모여 있으면 덥고 불쾌하기 때문이었다.

종오는 기둥에 등을 대고 앉아서, 손가락 개수보다 많은 수는 세지도 못하는 동료들이 일정한 간격으로 누워 있는 광경을 물끄러미 둘러보았다.

하나 예외 없이 함께 사냥해 본 동료들이었지만 이번 사냥은 특별했다. 마을의 젊은이가 모조리 출동한 것은 처음이었다. 게다가 사냥은 보통 저녁에 시작해서 새벽에 끝났다. 종오와 동료들은 밤에 더 힘이 솟고 귀와 눈의 능력이 좋아졌기 때문이다. 그래서 이번처럼 천막에서 자며 힘을 다시 비축할 일이 없었다.

하지만 종오는 처음 경험하는 이 광경을 이미 몇 번이고 반복해서 보았다. 아버지도 보았고 다른 동료들도 보았을 터였다.

현실이 아니라 아무 예고도 없이 찾아오는 환각 속에서.

아버지는 그게 '인간들'과 다른 점이라고 말했다.

종오는 동료가 깨지 않도록 천천히 일어서서 천막 밖으로 나섰다. 우거진 숲 속에 있었는데도 햇빛이 예상보다 강했기 때문에 그는 재빨리 커다란 나무 그늘 속으로 기어들어가야 했다.

짧은 시간이었음에도 햇빛을 정면으로 받은 팔과 어깨가 쑤시듯 아팠다. 하지만 빛에 닿은 살갗을 바로 만지면 더 심하게 아프고 피부가 짓무르기 때문에 그는 이를 악물고 천천히 심호흡을 했다.

그리고 아버지의 모습을 떠올려 보려고 애를 썼다.

동료들만큼 심하지는 않았지만 그 역시 옛일을 떠올리기보다 환상으로 미래를 보는 일이 훨씬 쉬웠다. 그래도 종오는 아버지를 선명하게 회상하려고 눈살을 찌푸렸다. 이처럼 예외적인 사냥은 결국 아버지의 단 하나뿐인 숙원이었기 때문이다.

"안 자고 뭐 해?"

옛일을 되새기기가 너무 힘든 나머지 종오는 누군가 접근하는 발소리조차 듣지 못했다.

선주가 민첩하게 햇빛을 피하며 종오 곁에 앉았다.

"아버지를 기억해 보려고. 너야말로 왜 나왔어? 지금 자 둬야 밤에 움직이지."

"잤어. 그 정도면 충분해."

종오는 선주를 물끄러미 바라보다가 말했다.

"그럼 도와줘."

"환서를 기억하기 힘들어?"

종오가 고개를 끄덕였다.

"점점 더 그래."

환각을 보는 횟수가 늘어날수록 지나간 일이 빠르게 희미해지다가 완전히 사라지기 일쑤였다. 과거가 없어지고 텅 빈 자리를 미래가 꾸준히 채워 나가는 셈이었다. 하지만 그 앞일 역시 분명하지 않았다. 예를 들어 오늘만 해도 그랬다. 종오는 천막에서 누워 자는 다섯 동료를 오래전부터 봐 왔지만 천막 입구 옆에서 자는 동료의 얼굴은 환각 때마다 매번 달랐다.

이러다가 확실한 과거는 전부 사라지고 불확실한 앞날만 남는 건 아닐까.

종오는 그런 생각이 들 때마다 남모르게 불안에 떨었고, 곁에 아무도 없을 때마다 중요한 기억을 반복해서 떠올리고 남겨 두려고 있는 힘을 다했다.

누군가와 대화하면 기억이 조금 수월해진다는 점을 깨달은 건 최근이었다.

"환서는 어떻게 생겼지?"

선주는 도마나 나위와 마찬가지로 이미 여러 해 동안 종오의 아버지와 함께 생활했지만 그렇게 물었다.

"머리카락이 아주 많았어."

"우리랑 다르게?"

"검은 머리가 반, 흰 머리가 반이었어. 그래서 아무리 많은 동료와 함께 있어도 아버지를 금세 찾을 수 있었지."

선주는 새로운 사실을 방금 안 것처럼 멍하니 나무들을 쳐다보다가 말했다.

"환서는 맨날 허리를 구부리고 무언가를 들여다봤는데."

종오는 그 말을 듣고 선주가 아직 아버지를 꽤 기억한다는 점을 확인했다. 선주의 말이 맞았다. 아버지는 늘 둘 중 하나였다. 복잡하고 단단한 기계를 들여다보고 두드리든지, 그러지 않으면 하얗고 커다란 판에 무언가를 적고 있든지. 종오는 아버지에게 배운 덕분에 글을 쓰고 읽을 수 있었지만, 하얀 판에 적힌 괴상한 부호들은 도무지 이해할 수가 없었다.

종오가 말했다.

"그러면서 나한테 쉬지 않고 말을 했어. 등을 돌린 채로."

선주가 피식 웃었다.

"그럴 때마다 넌 늘 얼굴을 찡그렸지. 듣기 싫으면 가 버리면 될 텐데."

"알아듣고 기억하고 싶어서 그랬던 거야."

선주가 조금 목소리를 낮추고 말했다.

"옆에 있고 싶어서 그랬겠지."

선주는 도마나 나위와 달랐다. 항상 그러지는 않았지만, 선주는 가끔 사물이나 사건을 종합해서 결론을 내리곤 했다. 종오는 선주보다 더 자주, 더 수월하게 그럴 수 있었다. 아버지는 그 점을 알아챈 뒤로 오직 종오에게만 말을 걸었고 지시를 내렸다.

종오가 동료들의 지도자이자 선생이 된 것도 비슷한 시기였다.

"그런데 환서는 이제 움직이지 않고 땅속에 있잖아. 나도 환서를 보고 싶지만 넌 나보다 더하잖아."

종오는 눈을 뜨지 않고 쓰러졌던 아버지를 회상하기 싫어서 화제를 돌렸다.

"아버지는 손가락으로 찌를 때마다 빛이 나기도 하고 자그마한 글자가 뒤바뀌는 이상한 상자를 너무 좋아했어."

"한번은 소리를 버럭 지르고 마을을 이리저리 뛰어다녔잖아. 그때 뭐라고 했더라."

종오도 그 모습은 꽤 분명히 기억하고 있었다.

"유레카?"

"맞아. 그리고 전부 알아냈다면서 꽥꽥거렸지. 그것 말고 다른 말도 했는데."

"우리가 세상을 구해야 해! 우리밖에 없어. 너희밖에 없다고!'"

선주는 잠시 신이 나서 환서의 흉내를 내는 종오를 바라보다가 물었다.

"그런데 세상을 구한다는 게 무슨 뜻이야?"

종오는 선주의 말을 듣자마자 치켜올렸던 두 손을 내리고 고개를 숙였다. 선주는 더 자세히 물었다.

"뭔가 위험할 때 구하는 거잖아. 도마가 초록 인간을 만나서 죽을 뻔했을 때 우리가 구한 것처럼. 세상을 구한다면, 세상이 위험하단 얘기잖아. 그게 무슨 뜻이야?"

종오는 허리에 차고 있던 주머니 속을 뒤지기 시작했다.

선주는 궁금증을 포기하지 않았다.

"아는 거야? 그게 무슨 뜻인지?"

종오가 선주를 바라보았다.

"아버지는 우리가 세상을 구한다고 소리친 다음 뒤로 돌아서 한마디를 덧붙였어. 아케리가 세상을 구한다고."

"아케리가 뭐야?"

종오는 저도 모르게 손을 들어 머리를 매만졌다. 살갗이 손가락의 힘을 견디지 못하고 조금씩 떨어져 나갔지만 그는 동작을 멈추지 않았다.

"그게 기억나질 않아서 잠들지 못했어. 나도 그때 물어봤거든. 아케리가 뭐냐고. 아버지는 드디어 말해 줄 때가 왔다고 했어. 그리고 한참을, 정말 오랫동안 길고 복잡한 이야기를 들려줬어. 그런데 기억나질 않아. 단지……"

종오는 가방에 손을 집어넣었다. 그의 손에는 빨갛고 투명하고 기다란 물체가 들려 있었다.

종오가 그 물체를 내밀자 선주는 눈을 가늘게 뜨고, 조심스럽게 손가락을 뻗어서 물체의 끝에 달린, 가느다란 바늘을 건드려보았다.

종오가 말했다.

"이건 주사기야. 그 안에 물이 들어 있어. 기억하려나 모르겠지만 퓨마 때문에 윤조가 크게 다쳤을 때 이걸로 파란 물을 몸에 집어넣었잖아. 그랬더니 죽지 않았지. 아버지는 빨간 물이 기억을 되살려 준다고 했어. 마지막 사냥을 나가서 정말 중요한 일이 기억나지 않으면 이 빨간 물을 몸에 넣으라고 했어. 네가 해줘. 넌 우리들 중에서 손을 가장 안 떨잖아."

선주가 주사기를 받았다. 종오는 사용법을 알려주었다. 선주는 주사기를 손가락 사이에 끼우고 바늘을 종오의 뒷목에 깊이 찔러 넣은 다음 그 안에 있던 빨간 물을 하나 남김없이 집어넣었다.

주사의 효과는 아주 빨랐다. 선주가 주삿바늘을 뽑자 종오의 목에서 열이 나기 시작했다. 평소라면 다른 동료와 마찬가지로 열로부터 도망쳐야 했지만, 그 열이 몸 안에 있으니 가만히 기다릴 수밖에 없었다. 뜨거움은 목을 휘감고 맴돌다가 점점 위로 기어올랐다.

종오가 얼굴을 찡그리고 숨을 몰아쉬었다.

선주가 조금 걱정하는 눈빛으로 물었다.

"효과가 있어? 아케리가 뭔지 떠올랐어?"

열기는 점점 커져서 불덩이가 되었다. 불덩이가 종오의 두 뺨을 번갈아 때리기 시작했다. 종오는 고통을 참기 힘들어 몸을 웅크렸다. 벌어진 입술 사이로 침이 흘러나왔지만 막을 수가 없었다.

불덩이는 얼굴을 전부 태웠는지 잠시 머뭇거리다가 종오의 뇌에 파고들었다.

종오는 강제로 되돌아오는 기억을 붙잡듯 선주의 팔을 움켜쥐고 말하기 시작했다.

"아케리는…… 나야."

    ● ● ●

그때, 종오는 주사기를 부러뜨리고 내던지는 환서를 바라보았다.

"이건 꽤 편리한 약이야. 지금부터 약효가 떨어질 때까지 네가 보고 듣는 건 전부 뇌에 새겨지거든. 다음에 또 주사를 맞으면 하나도 빠뜨리지 않고 기억할 수 있을 거야. 그러니 전부 얘기해 주마."

종오가 물었다.

"제가 아버지만큼 똑똑해졌다는 얘기예요?"

"그게 아니라…… 흠, 설명하기 복잡하니까 그렇다고 해두자. 어차피 오래가진 않을 테니까."

"그럼 늘 궁금했던 걸 물어봐도 돼요?"

환서는 손목에 찬 기계를 들여다보고 말했다.

"하나만 물어보렴. 시간이 많지 않거든."

종오가 손가락을 들어 가리켰다.

"아버지가 매일같이 들여다보는 저 상자는 뭐예요?"

환서는 입꼬리를 슬쩍 올리고 웃었다.

"너희가 이걸 쓸 수 있다면 얼마나 좋을까. 이건 컴퓨터라는 물건이야. 질문만 잘하면 세상 곳곳에 묻혀 있는 지식을 모조리 끌어올 수 있지."

환서가 웃음을 거두고 혼잣말을 덧붙였다.

"물론 지식이 남아 있어야 가능한 일이지만."

종오는 그 말을 듣지 못하고 물었다.

"나도 쓸 수 있어요? 다른 애들도?"

환서가 미소를 거두고 고개를 저었다.

"아니. 지금은 못 쓸 게다. 어쩌면 걔들의 자손의 자손은 가능할지도 모르겠다만, 그건 어디까지나 내 희망일 뿐이야. 그나마 그 희망이라도 남으려면 지금부터 내가 하는 말을 잘 기억하고 그대로 따라 줘야 해."

종오는 아버지가 무슨 말을 하려는지 모르면서도 우선 고개를 끄덕였다.

환서는 금속 막대를 중심으로 삼아 말아 두었던 지도를 펼쳤다. 지도에는 삼각형과 동그라미와 나선이 그려져 있었고, 각 도형은 구불구불한 선으로 이어져 있었다.

"이 삼각형이 우리 마을이야. 그렇다면 이 초록색이 뭔지 알겠니?"

"어……."

환서는 등고선의 오른쪽을 금속 막대로 짚었다.

"아침 해가 이쪽에서 뜬다고 생각해 봐라."

"저 산이겠네요."

환서가 조금 밝은 얼굴로 고개를 끄덕이고 직선을 가리켰다.

"맞아. 따라서 이 선을 따라가려면 산의 오른쪽을 넘어가야겠지. 이 지도와 내가 그려 둔 선을 잘 기억해라. 무슨 일이 있어도 잊으면 안 돼. 너희가 보는 환상이 맞다면 내가 죽은 뒤 저 산에서 산사태가 나는 날이 올 거야. 그러면 애들을 데리고 즉시 마을을 떠나라. 그리고 여기에 가야 해."

환서가 금속 막대로 나선이 그려진 지점을 쿵 소리가 나도록 거칠게 내리찍었다.

"가면 인간들이 모여 있을 거다. 녹색 군복을 입은 사람과 하얀 가운을 걸친 사람이."

종오는 아버지가 환상에 대해 얘기한다는 사실을 알아챘다. 그를 비롯해 마을에 사는 모두는 수없이 환상을 보며 살았다.

"크고 검은 문 옆에 모여 있을 거란 말이죠?"

"그래."

"검은 문은 점점 투명해질 테고요. 우리는 거기 도달할 거예요. 늘 그렇듯 환상은 실제로 이뤄질 테니까요. 그리고 인간들이 우리를 가리키며 소리를 지르겠죠. 겁에 질려서 입을 크게 벌리고. 그런데…… 내 환상은 늘 거기서 끝나요. 사람들은 우리를 보고, 나와 선주와 도마와 나위를 보고 화를 내면서……."

종오는 환각 속 녹색 사람의 입모양을 그대로 따라했다.

환서가 입을 꾹 다물더니 마음속으로 결정을 내리고 말했다.

"아케리. 사람들은 우리를 아케리라고 부르지."

종오는 아버지의 입술 모양을 보고 두 손바닥을 마주쳐 소리를 냈다.

"아, 케, 리, 그거예요. 아케리가 뭐죠? 그게 우리 이름인가요? 아버지는 왜 이제야 그 말을 해주는 거예요?"

"왜냐하면…… 그 사람들은 아케리가 세상을 끝장냈다고 생각하고 나는 그렇게 생각하지 않으니까."

종오가 멍한 표정으로 한 번 더 물었다.

"세상이 끝장났다뇨? 아버지는 우리 동료가 세상 모든 곳에 살고 있다고 했잖아요. 굳이 찾아내기도 힘든 인간을 먹지 않더라도 우리가 먹을 건 얼마든지 있잖아요. 매일 아침마다 뜨는 태양 때문에 낮에 돌아다니기는 힘들지만 그래도 밤이 항상 찾아오고 그늘은 어디든지 있잖아요. 어딜 봐서 세상이 끝났다는 거죠?"

환서가 컴퓨터에 등을 돌리고 일어섰다.

"종오야, 나를 보렴. 내가 인간으로 보이니?"

종오가 즉시 고개를 저었다.

"아버지는 우리 동료죠. 인간이 아니에요. 인간 냄새도 안 나잖아요."

"그럼 내가 인간이었다면 믿을 수 있겠니?"

종오는 자신도 모르게 몸을 꼿꼿이 펴고 뒤로 서너 걸음 물러섰다. 그리고 환서의 주위를 돌면서 냄새를 맡아 보았다.

"못 믿겠어요."

환서가 어깨를 늘어뜨리고 한숨을 쉬었다.

"그런데 그게 사실이란다. 나는 인간이었어. 원래 이 세상에 항상 두 발로 걸어 다니면서 두 손을 쓰는 존재는 인간밖에 없었단다. 인간은 아주 많았지. 아무리 설명해 봐야 네가 상상도 할 수 없을 만큼 많았어."

종오는 또 환각을 보는 건 아닌지 의심하기 시작했다. 그만큼 아버지의 얘기는 사실 같지 않았다. 인간이 이 세상을 가득 채웠다니 도무지 상상이 되지 않았다.

"그 세상에는 독이 많았어. 원래 존재하는 독도 있고, 사람이 만든 독도 있었지. 별거 아닌 독도 있고, 무시무시하게 퍼져서 인간을 전부 죽이는 독도 있었지."

종오가 물었다.

"물어뜯지 않아도 퍼진다고요?"

"바이러스라고 불리는 독은 그랬어. 그리고 7년 전에…… 오래전에 어떤 호흡기 바이러스가 온 세상에 퍼졌지. 치사율과 전파력이 절묘하게 균형을 맞춘 바이러스라 치료법을 개발할 시간이 없었어. 인류는 정말로 멸종을 눈앞에 두고 있었지. 감염 경로를 전부 차단할 수 있었던 소수만은 살아남았겠지만 대개 그러지 못했거든. 사람들은 사흘간 앓으면서 삶을 정리하고 죽을 수밖에 없었어."

환서는 종오가 이해하지 못하는 단어를 써 가며 독백하다가 한숨을 쉬었다.

"그때 아케리가 나타났어. 어디서 왔는지, 어떻게 태어났는지 아는 사람은 없었어. 아케리는 밤이 되어야 자유롭게 움직일 수 있고, 다른 동물이나 인간을 공격해 잡아먹는 존재였지. 아케리에 물리고 죽지 않은 사람은 아케리가 됐어. 원래 그런 존재를 가리키는 유명한 이름이 있었는데, 우리를 좀비가 아니라 아케리라고 부른 이유는……."

환서는 잠시 말을 멈추고 일어서서 종오를 보고, 마을 주민들을 보았다.

"지능이 퇴화하지 않는 개체도 있었기 때문이야. 그리고 아케리가 된 사람은 인간을 죽이던 바이러스에게 죽지 않았지. 하지만 인간의 기준으로 볼 때 아케리는 외모가 점점 흉측하게 변하고 인간을 잡아먹기 때문에, 결국 사람들은 아케리가 인류를 멸종시켰다고 생각하고 말았지."

환서는 '인간'이란 말을 할 때마다 슬프고 그리운 표정을 지었다. 종오는 영문을 알 수 없었다. 인간은 어둠과 밤을 무서워하는 나약한 존재였다. 두 손만 가지고는 싸울 수 없어서 이상한 도구를 늘 품고 다니는 번잡한 동물이었다.

"아케리는 좀비가 아니야. 우선 자식을 낳을 수 있지. 너나 선주처럼 학습 능력이 있는 개체도 태어나고. 그리고 이상한 힘이 있어. 보통 뇌 전두엽과 여러 기관이 망가져서 지능이 퇴화하고 장기 기억력이 점점 사라지는 대신…… 미래의 자신이 존재하는 장소의 사건 가능성을 환상처럼 볼 수 있지. 그래서 볼 때마다 달라지는 거고. 나는 양자물리학자가 아니기 때문에 DNA 변형과 물리적인 시간이 어떤 관계인지는 몰라. 내가 직접 보지 못했다면 절대로 안 믿었을 거다."

환서는 인간이었다가 아케리가 된 남녀의 1세대 후손, 종오를 똑바로 바라보았다.

"이제는 인간의 두뇌에 미래를 보는 잠재력이 처음부터 있었다고 생각해. 그 힘이 점점 사라지다가 아케리 변이 때문에 되살아나고 주도권을 잡아 가는 거야. 너희는…… 우리는 번성할 게다. 호흡기 바이러스가 더 빨리 퍼졌다면 이 세상에는 시체밖에 안 남았겠지만, 이제 지구는 과거보다 미래를 더 잘 기억하는 종족이 소유할 거야. 이 세상은 너희 것이란 얘기다."

환서가 손목에 찬 기계를 한 번 더 들여다보고 종오의 두 팔을 살짝 매만졌다.

"시냅스 활성제 약효가 곧 떨어질 거야. 무슨 소리인지 이해 못하는 네 심정은 충분히 알지만 어쩔 수 없구나. 난 죽는 날까지 최대한 여러 번 너한테 이 얘기를 해줄 거야. 긴 세월이 지나다 보면 결국은 너희 중 지능이 비교적 높은 혈통만 번성할 게다. 인류가 그렇게 진화했으니까, 아케리도 마찬가지일 거야. 그럼 이 모든 일을 제대로 밝혀내겠지. 언젠가는."

종오는 아버지의 이야기 가운데 절반밖에 이해하지 못했다. 특히 미래를 더 잘 기억한다는 개념이나 아케리가 새 세상의 주인이라는 부분은 전혀 알아들을 수가 없었다.

종오는 머리를 세차게 흔들고 아버지의 두 손에서 천천히 벗어났다.

"환상이 가능성이라고 했죠? 그럼 검은 문에 도달하는 일도 안 일어날 수 있단 말인가요?"

환서가 무거운 족쇄를 뿌리치듯 고개를 쳐들었다.

"검은 문! 너희는 분명히 거기 도착할 거야. 모든 아이들의 환각이 거기까지는 똑같으니까. 그 문에 새겨진 기업 로고를 검색해서 멸망 전에 그 회사가 몰두하던 실험까지 어느 정도 알아냈고. 그건 양자거품 웜홀을 이용한 시간 역행 장치일 거야."

환서는 조바심을 내며 빠른 속도로 말했다.

"양자거품이 뭔지는 몰라도 돼. 나도 처음 환각을 본 뒤로 관련 이론을 수십 번 읽어 봤지만, 알아낸 거라고는 전세계에 있는 여섯 개의 입자 가속기를 연결해서 타임머신을 만들 수 있다는 것뿐이었으니까. 환각 속에 검은 문을 투명하게 만드는 스위치를 누르던 과학자가 있었다면서? 금발 머리가 길고, 빨간 의자에 앉아서 이것저것 지시를 내리던 사람. 너도 환상에서 그 사람을 봤지?"

종오는 환상을 되새겨 보았다. 아버지가 말하는 사람은 다른 인간보다 높은 곳에 앉아 있었다. 달이 뜨지 않은 밤하늘보다 더 까맣던 검은 문이 그 사람의 손짓과 함께 점점 투명해지자 인간들이 환호성을 지르며 웅성거렸다. 금발 인간은 자못 비장한 얼굴로, 모두를 향해 말했다.

'우리는 7년 전 아케리가 맨 처음 발견된 지역을 알고 있습니다. 돌아가서 최초의 개체들만 죽이면 아케리는 인류를 멸망시키지 않을 겁니다. 아케리가 사라지고 인구가 유지되면 호흡기 바이러스를 퇴치할 방법도 결국 발견되겠죠.'

종오가 금발 인간의 말을 똑같이 되풀이하자 환서가 두 주먹을 움켜쥐었다.

"너는 과거 자체를 잊어 가고 있으니 사람이 과거로 돌아간다는 것도 이해 못하겠지. 그래도 이것만은 꼭 기억하렴. 환상 속 인간 생존자들은 북쪽 산이 무너지고 며칠이 지난 뒤 검은 문으로 모일 게다. 아마 입자 가속기 여섯 기를 전부 재가동시키고 살아남은 사람들이겠지. 그 사람들이 과거로 돌아가서 아케리를 막으면 바이러스가 인류를 말살할 거야. 그러면 정말로 지구에 미래는 없어. 이 세계는 아케리가 구해야 한다."

종오는 머릿속에서 고를 수 있는 단어 수가 점점 줄어든다는 사실을 알아챘다. 희미해지는 기억 속에서 아버지는 종오의 눈앞에 자신의 눈을 바짝 갖다 대고 소리쳤다.

"검은 문에 있는 인간을 전부 물어라. 무슨 일이 있어도 아케리가 과거로 돌아가야 해! 그러지 않으면……."

아버지의 목소리는 종오의 예민한 귀로도 듣지 못할 만큼 멀어지고 있었다. 그와 동시에 약물의 힘으로 유지하던 기억 속 세상이 흔들렸다. 종오는 갑자기 몰려오는 피로감 때문에 잠들고 싶었지만 진동은 점점 커지면서 그를 내버려두지 않았다.

• • •

"종오야! 일어나! 검은 새가 왔어! 일어나!"

선주가 미친 듯이 종오를 흔들었다. 종오는 허겁지겁 몸을 일으켰다. 검은 새란 아주 가끔 인간이 동료들을 공격하기 위해 날려보내는 기계였다.

종오는 가장 중요한 점을 물었다.

"몇 마리야?"

"한 마리인 것 같아. 어떡해? 빨리 알려줘."

"따라와."

해가 서쪽으로 거의 가라앉았기 때문에 살갗이 탈 걱정은 없었다. 종오가 곧장 천막으로 뛰었고 선주가 뒤를 따랐다. 천막처럼 커다란 물체로부터 떨어져 있으면 둘이 살아남을 가능성은 높아졌겠지만 종오는 그보다 더 중요한 점을 걱정하고 있었다.

환상이 떠오를 때마다 검은 문에 뛰어드는 동료는 달랐지만, 문 주변에 종오 외에 다섯 동료가 있다는 점은 늘 똑같았다.

검은 새가 있는 곳이면 늘 들리는 소음이 둘의 뒤를 바짝 쫓고 있었다.

종오는 천막 안으로 들어가자마자 금속 막대로 천막 지지대를 두들기면서 식량 주머니 안에 있는 고깃덩어리를 뿌렸다. 고기 냄새와 소란스러움 때문에 네 동료가 거의 동시에 잠에서 깨어났다.

종오가 외쳤다.

"검은 새가 먹이를 빼앗으러 왔어! 고기를 챙기고 각자 흩어져! 그리고 소용돌이에서 만난다. 무슨 수를 써서라도 그 안에 있는 검은 문으로 가!"

종오는 아버지만큼 똑똑하진 못했지만 자신이 보았던 환상의 끝이 무엇을 의미하는지 알고 있었다. 환상 속에서 그는 검은 문 앞에 도달하지만 통과하지는 못했고, 문 안으로 뛰어드는 인간을 물지도 못했다. 그는 그전에 인간의 공격으로 죽을 터였다.

도마와 나위를 비롯한 네 동료가 두 팔과 두 다리로 포복한 뒤 입에 고기를 물고 저마다 수풀 속으로 뛰어들었다. 종오는 그 사실을 확인하고는 일부러 천천히 천막을 나선 다음 우뚝 섰다.

검은 새 두 마리가 귀를 찢을 것처럼 요란한 소리를 내면서 그의 머리 위로 다가왔다.

종오는 곁눈질로 남은 동료가 없는지 살펴보았다. 함께 달리던 선주는 천막 안으로 들어가기 전부터 보이지 않았다. 종오는 당연하다고 생각했다. 마을 동료 가운데 제일 머리가 좋은 선주라면 이미 도망쳤음이 분명했다.

검은 새의 몸 양쪽에서 검은 막대가 튀어 나왔다.

종오는 그다음 벌어질 일을 알고 있었다. 검은 새는 불꽃을 뿜어 적을 공격했다. 동물이든 바위든 나무든 상관없이 그 앞에 서 있던 것은 순식간에 부서지게 마련이었다. 여러 해 전 눈앞에서 검은 새에게 어머니를 잃었기 때문에 누구보다 잘 알고 있었다.

그 순간 해가 완전히 사라지고 어둠이 내려앉은 하늘을 검고 민첩한 그림자가 가로질렀다. 그림자는 검은 새를 움켜쥐더니 단박에 땅으로 끌어내렸다.

종오는 기회를 놓치지 않고 새에게 달려들어 더 이상 소리를 내지 못할 때까지 부수고 짓밟았다.

종오도 눈치채지 못할 만큼 은밀하게 나무 꼭대기에 올라갔다가 검은 새를 습격한 선주는 종오가 무사한 것을 보고 멋적게 웃었다.

· · ·

환서가 약물을 이용해 반강제로 주입했던 기억은 대부분 종오의 무의식 속으로 다시 가라앉았다. 하지만 환서가 힘주어 강조했던 몇 가지 말 중 한 토막이 종오의 의식에 남아 계속 떠나지 않았다.

'무슨 일이 있어도 과거로 돌아가야 해.'

종오가 보기에 돌아간다는 말은 두 장소가 있어 오갈 수 있을 때 사용하는 단어였다. 사냥을 끝내면 돌아갈 곳은 집이었고, 새로 먹을 것을 구하던 숲에서 사냥감이 더 보이지 않으면 돌아갈 곳은 옛 사냥터였다.

그러면 아버지가 말하는 과거도 언제든 존재하는 곳일까? 큰비가 내려 강을 건널 수 없으면 멎을 때까지 기다렸다가 마을로 돌아갈 수 있었다. 커다란 산 너머에 목적지가 있으면 돌고 돌아서 길을 찾아낸 다음 돌아갈 수 있었다.

환상이 앞으로 벌어질 일이라면, 어쩌면 미래와 과거는 동시에, 항상 존재하는 것은 아닐까? 돌아간다는 말은 두 장소만 맞바꾸면 양방향으로 적용할 수 있었다. 환서가 그리고 지우기를 반복하던 수많은 부호와 도형을 이해하지 못하는 종오였지만 그 정도는 스스로 생각할 수 있었다.

그렇다면 환서가 절대 잊지 말라고 당부했던 검은 문은, 불어난 강물이고 아직 발견되지 않은 길이라는 뜻이었다.

종오는 사냥 때면 늘 그렇듯 다섯 동료가 채 처리하지 못하고 뒤로 흘린 사냥감 하나를 고르고, 그것의 어깨 근육을 물어 고기맛을 보았다. 종오는 환서의 자식이고 살아 있는 마을 사람 가운데 머리가 가장 좋았지만 사냥하는 능력은 제일 부족했다.

그는 검은 문이 우뚝 선 골짜기로 내려가는 나선 계단 꼭대기에서 네 발을 모으고 앉아 제 몫으로 남은 인간이 없나 주변을 살폈다.

그때 금발 머리카락이 풍성하고 하얀 옷을 입은 인간이 소리쳤다.

"아케리는 먹을 것을 찾아 여기까지 온 겁니다! 그러니까 타임 게이트에서 떨어져서 공격해요! 가속이 완료되고 게이트가 열리면 과거로 돌아가 살 수 있으니까요. 그때까지만 버팁시다!"

환상 속에서 가장 높은 곳에 앉아 있던 인간이 소리쳤다. 종오는 그 말뜻을 제대로 이해하지 못했다.

초록 옷을 입은 인간들이 검은 새와 똑같은 무기로 종오와 동료들을 공격하고 있었다. 매운 냄새와 연기가 가득 찬 검은 문 주변에서 도마와 나위와 선주가 날렵하게 날뛰면서 인간들을 공격했다. 나위와 선주는 종오가 따로 지시를 내리지 않아도 잘 싸우고 있었지만 도마는 그러지 못했다.

종오가 소용돌이 모양의 계단 위쪽에서 전체 상황을 지켜보다가 소리쳤다.

"도마! 지금은 고기를 챙길 때가 아니야! 인간을 더 많이 쓰러뜨리라고!"

도마는 움직이지 않는 인간의 몸 위에 네 발로 서 있다가 종오를 바라보고 눈을 끔뻑거렸다. 그 순간 인간의 무기가 도마를 명중시켰고, 도마는 아픔으로 비명을 지르다가 무너졌다.

이제 움직이는 인간은 여섯이고 살아 있는 아케리는 셋이었다.

종오가 보았던 환상과 현재가 점점 맞붙어 가고 있었다. 환상에서는 종오를 제외한 둘이 매번 달랐지만 현실에서는 나위와 선주가 그 어느 사냥보다 맹렬하게 눈을 부라리고 두 팔을 강하게 내젓고 있었다.

그리고 검은 문이 투명해지기 시작했다.

종오는 힘을 보태려고 나선 계단 꼭대기에서 뛰어내렸다. 세상을 구해야 한다는 말이 무슨 뜻인지 아직도 전부 알 순 없지만 아버지가 원한 바는 이루고 싶었다. 그러자면 투명한 문으로 선주를 들여보내야 했다. 둘 모두 살아서 들어갈 수 있다면 좋겠지만, 하나만 선택해야 한다면 힘이 센 나위보다는 머리가 좋은 선주가 목적을 이루기에 유리했다.

인간과 아케리가 어지럽게 뒤엉키는 가운데, 종오는 환상에서 보았던 그대로 정해진 목표를 향해 달렸다. 종오가 노리는 것은 길고 흰 옷을 걸치고, 금발이 머리와 어깨를 뒤덮은 사람이었다. 종오가 이빨로 턱 밑을 공격하자 그것은 고통과 놀라움과 혐오가 담긴 눈에서 눈물을 쏟으며 말했다.

"이런 짐승들 때문에 인류가 멸종될 수는 없...."

찰나였지만 종오는 말하고 싶었다.

— 우린 세상을 구하려는 거야. 너희는 자멸의 문을 연 거라고.

하지만 입을 떼면 상대가 살아날 수도 있었다. 그러면 환상이 실현되지 않을 가능성이 있었다. 종오는 입 안에 들어오는 피와 함께 두 개의 문장을 꿀걱 삼켰다.

흰 옷을 입은 사람이 힘을 전부 잃고 축 늘어지자 남은 인간들이 고함을 치고 절규했다. 모든 인간의 무기가 거의 동시에 종오를 향했고, 그중 가장 먼저 작동한 무기가 종오의 옆구리를 꿰뚫었다.

종오는 체액과 의식을 동시에 잃어 가면서 남은 두 아케리 쪽을 바라보았다.

검은 문은 어느새 눈으로 위치를 확인할 수 없을 만큼 투명해졌다. 나위는 종오를 공격한 인간 둘을 쓰러뜨렸고 세 번째를 향해 높이 날았다. 선주는 축 늘어진 먹잇감 하나를 집어던지고 다음 인간의 어깨를 발판 삼아 투명한 문으로 뛰어들다가 소리쳤다.

"종오야!"

종오는 다가오지 말고 검은 문이 서 있던 자리로 달려가라고 손을 내젓고 싶었다. 하지만 힘이 없었다. 선주는 환서와 종오를 제외하면 마을에서 가장 영리했기 때문에 떨리는 종오의 손이 무엇을 뜻하는지 알아챘다. 하지만 선주는 자신의 환상을 충실하게 따랐다. 그는 다시 까맣게 변하기 시작한 문을 등지고, 종오가 허리춤에 찬 환서의 가방을 열고, 퓨마 때문에 죽어 가던 동료를 되살렸던 파란 주사기를 꺼내어 종오의 허벅지에 찔렀다.

두 아케리는 살아 있는 인간이 한 명도 남지 않은 타임 게이트 실험장에서, 나위가 한 인간의 목에 이빨을 꽂고 다른 인간의 목을 움켜쥔 채 검게 변해 가는 문 너머로 사라지는 광경을 바라보았다.

전세계의 입자 가속기에서 힘을 끌어모았던 장비가 멈추면서 두 종족의 죽음으로 물든 장소에 적막이 찾아왔다. 선주는 제 힘으로 일어서기도 힘든 종오를 업고 나선 계단을 올라가기 시작했다. 종오는 선주의 걸음에 따라 몸이 흔들리면서도 앞으로 영원히 납득할 수 없을 거라고 생각했다. 세상을 왜 구해야만 하는지를. 그도 점점 다른 아케리처럼 의무나 임무를 받아들이기가 힘들어지고 있었다.

그 대신 세상이 구해진다면 그건 선주 덕분일 거라고 미래형으로 생각하면서, 종오는 그의 등에 모든 것을 맡겼다.

우주 동물원

생물과학 2 Ⅲ 생물의 진화

정명섭

정명섭

역사추리소설 《적패》(전2권) 출간을 시작으로, 소설과 교양서를 비롯해 다양한 장르의 글을 쓰고 있다. 회사원으로 시작해서 바리스타를 거쳐 전업 작가로 활동 중이다. 남들이 다 아는 얘기보다는 잘 모르지만 꼭 알아야 하는 얘기를 들려주는 데 관심이 많다. 다양한 장르의 글을 쓰며, 대표작으로는 《미스 손탁》, 《남산골 두 기자》, 《직지를 찍는 아이, 아로》, 《어린 만세꾼》, 《유품정리사 – 연꽃 죽음의 비밀》, 《한성 프리메이슨》, 《온달 장군 살인사건》, 《별세계 사건부》 등이 있다.

"유전자라는 게 뭔가요?"

자동 운전 중인 우주선이라 할 일이 없어서 심심했던 철우의 물음에 고향 별과 통신 중이던 클레이가 고개를 돌렸다.

프록시마 행성계의 고스나 우주정거장을 본거지로 해서 우주 택시를 몰던 철우는 아버지의 죽음과 연관된 비밀을 밝혀내는 과정에서 조합과 사이가 나빠지고 말았다. 조사 과정에서 범인으로 밝혀진 유력한 조합원인 테오도르 아저씨를 죽음에 이르게 만들었기 때문이다. 결국 철우는 사건을 함께 밝혀낸 외계인 클레이와 함께 멀리 떠나야만 했다. 다행히 클레이가 소유하고 있던 우주선이 있어서 편하게 다닐 수 있었지만 연료와 식량, 그리고 중간중간 휴식을 취할 수 있는 거처를 찾기 위해서 종종 의뢰를 수행해야만 했다.

통신을 끝낸 클레이가 머리 뒤에서 솟아난 안테나 같은 뿔을 접었다.

"미안, 뭐라고 질문했죠?"

클레이가 속한 종족은 과학기술 대신 생물학적인 기술에 의존했다. 엘다도라는 이름의 벌레를 이용해서 탐색을 하고 머리에 있는 안테나 같은 생체 기관에서 나오는 전파를 쏘아 보내 고향 별과 통신하는 식이었다. 심지어 타고 다니는 달팽이 모양의 우주선도 바다에 사는 해양생물의 외피를 이용했다는 얘기를 듣고 기겁하고 말았다. 다행스럽게도 수심 5만 미터가 넘는 바닷속에서 살던 생물이라 외피는 루나에서 채취한 메탈 알루미늄만큼이나 강했다.

"유전자요. 그게 뭐라고 했죠?"

철우의 질문에 클레이가 턱에 난 촉수로 뺨을 긁으면서 대답했다.

"생명체끼리 이어지는 특징적인 형질을 말해요. 지구인들이 DNA라고 부르는 두 개의 나선형으로 꼬인 유전자 조직이 유전정보들을 가지고 있어요. DNA를 통해 특징이 이어지는 것을 유전이라고 하는 걸로 알고 있죠. 쉽게 얘기하자면……."

잠시 고민하던 클레이가 덧붙였다.

"내가 속한 라이징 클랜의 구성원들이 리더로부터 이어받는 공통적인 특징들을 말하는 거죠."

"라이징 클랜의 특징이 뭔데요?"

"바로 이거죠."

클레이는 뺨을 긁던 촉수를 마치 손처럼 흔들면서 말했다.

"다른 클랜들의 것보다 촉수가 더 굵고 길어요."

"그게 왜 필요한 건데요?"

"구분하기 위해서죠. 지구인들은 머리가 하나, 팔과 다리가 두 개라는 아주 비효율적인 신체 구조를 가지고 있죠. 거기다 인종별로 피부와 머리카락 색깔, 눈동자 색깔도 달라요. 그걸 가지고 서로 차별을 하고 전쟁까지 일으켰다고 하는 걸 보니 어지간히……."

야만적이라는 얘기까지는 차마 하지 못한 클레이가 눈을 돌렸다. 인간보다 두 배 정도 큰 덩치에 매끈거리는 녹색 피부와 턱 밑의 촉수를 가진 외계인 클레이에게 그런 얘기를 들으니까 기분이 묘했지만 차마 반박하지 못했다.

"다 옛날 얘기죠."

"그나저나 왜 유전자에 대해서 궁금해하는 건가요?"

다정한 말투로 묻는 클레이에게 철우는 조종석 바깥을 쳐다보면서 대답했다.

"우리 의뢰 때문이죠."

"아! 우주 동물원에 들어갈 동물들을 포획하는 것 때문에 그렇군요. 공부하는 자세 좋아요."

최근에 받은 의뢰는 독특하고 괴이했다. 갠리치 행성을 소유하고 있는 은토커라는 외계인 부자의 의뢰는 간단했다.

"내 동물원에 들어갈 동물을 잡아다 줘."

턱 밑의 통역기를 통해 말을 하는 은토커의 몸통은 커다란 아메바같이 생겼는데 피부가 투명해서 내장 기관이 전부 다 들여다보였다. 막 식사를 마쳤는지 소화기관들이 활발하게 움직이면서 뭘 먹었는지 확연히 들여다보였다. 그중에는 꼭 사람의 머리같이 생긴 게 있어서 평정심을 유지하기 몹시 힘들었다. 하지만 클레이는 능숙하게 얘기를 끌어갔다.

"어떤 동물을 원하시는지요?"

"내 동물원에서밖에 볼 수 없는 동물들을 원하오. 세상 어디에도 볼 수 없는 유전자를 가진 동물을 모으는 게 내 삶의 재미거든."

별로 재미있지는 않았는데 은토커가 웃었고, 클레이도 촉수로 머리를 매만지면서 웃었다. 따라하라는 신호였기 때문에 철우 역시 억지로 웃어야만 했다. 웃음이 끝나자 은토커가 트림을 했는데 그것 때문인지 내장 중간에 있던 사람 머리 같은 것이 꿈틀했다. 철우가 참지 못하고 비명을 지르자 클레이가 촉수를 마주쳐서 소리를 내는 것으로 시선을 끌었다.

"은토커 님이 좋아할 만한 동물들이 몇 종 있습니다만."

"알아서 잡아오시구려. 그 대신 날 실망시키면……."

은토커는 마치 터져 버릴 것처럼 몸을 부풀렸다. 클레이가 위기에 처할 때 그러는 걸 봤기 때문에 별로 놀랍지는 않았지만 문제는 그 투명한 피부였다. 안에 있던 내장들이 커지면서 내용물들이 더 자세하게 보였던 것이다. 사람 머리처럼 보인 것이 사실은 사람이 아니라는 것이 그나마 다행이었다.

　속이 메슥거리는 만남이었지만 은토커가 건넨 우주 공용화폐의 금액은 어마어마해서 카이림 행성까지 갈 연료는 물론, 부서진 부속품들을 고치기에 충분했다. 갠리치 행성 궤도에 떠 있는 정거장에서 부품들을 고치고 수리하는 동안 클레이가 은토커에게 잡아다 줄 동물의 이미지를 보여줬다.
　"이게 뭔가요?"
　생긴 건 지구에 있던 거북이처럼 보였다. 딱딱한 등껍질에 네 개의 다리를 가졌기 때문이다. 하지만 얼굴은 꼭 오랑우탄같이 생겼고, 털이 없는 매끈하고 긴 꼬리는 쥐의 것과 닮았다. 거기다 등껍질 안에 날개가 있어서 무성하게 자란 나무들 사이를 날아다녔다.
　"쿵글라준토예요."
　"생긴 것처럼 이름도 괴상하네요."
　철우의 얘기에 클레이가 촉수를 으쓱거리면서 대답했다.
　"우리가 부르는 이름이라 진짜 종족명은 따로 있을 거예요. 공격성이 없어서 위험부담 없이 잡을 수 있어서 골랐답니다."

"처음 보긴 했네요. 어디에 있는 거죠?"

"악시엔토 행성이요. 프로메테우스 행성계 외곽에 있는 곳이죠."

"진짜 멀리 있긴 하네요. 잡으려고 하는데 막 커지거나 그러는 건 아니겠죠?"

위기 상황에 처하면 몸이 두 배로 커지는 클레이는 철우의 말을 듣고는 촉수로 입을 가린 채 웃었다.

수리가 모두 끝나고 연료까지 채워지자 두 사람은 곧장 악시엔토 행성으로 출발했다. 겉모양은 괴상했지만 뛰어난 항법 장치와 자동 조종 기능이 있어서 도착할 때까지는 무척 심심했다. 우주 택시를 몰던 때라면 일부러 소행성 지대로 가거나 행성의 중력 지대로 들어가서 조종하는 스릴을 맛봤겠지만 그럴 만한 처지는 아니었다. 그래서 중간중간 클레이와 얘기를 나누거나 악시엔토 행성에 대해 공부를 하는 것으로 무료함을 달랬다.

"악시엔토 행성에 있다는 그……."

철우가 제대로 발음을 하지 못하자 클레이가 친절하게 답해줬다.

"쿵글라준토 말이죠?"

"네, 그 동물의 유전자는 대대로 이어져 왔다면 옛날부터 존재했다는 뜻인가요?"

"그러지는 않았고, 아마 진화했을 거예요."

"진화라는 건 또 뭔데요?"

클레이는 안타깝다는 표정을 지으며 철우를 바라봤다. 어릴 때부터 아버지를 대신해서 우주 택시를 몰았던 탓에 지식을 쌓아갈 틈이 없었던 것을 알고 있었기 때문이다. 통신기 역할을 하던 벌레인 엘다도를 쓰다듬어서 전용 케이지에 넣었다. 그리고 손목에 있는 홀로그램 발생 장치를 이용해서 엘다도의 모습을 띄웠다.

"엘다도는 우리 행성에서 아주 오랫동안 있었던 생명체예요. 하지만 처음부터 지금 같은 모습은 아니었죠. 원래는 이렇게 생겼어요."

처음 띄운 이미지는 애벌레처럼 생긴 엘다도의 지금 모습과는 사뭇 달랐다. 손바닥에 올라갈 정도로 작은 지금과는 달리 제법 컸고, 지네처럼 다리가 여러 개 달려 있었다. 피부는 딱딱한 껍질에 둘러싸인 형태였다. 무엇보다 더듬이밖에 없는 현재와는 달리 머리에 커다란 뿔이 달려 있었다.

"지금이랑 다르네요."

철우의 물음에 클레이가 고개를 끄덕거렸다.

"야생에서 지냈기 때문에 천적의 공격을 막기 위해 껍질이 딱딱했고, 싸울 수 있는 뿔이 있었죠. 하지만 지구 시간으로 5천만 년 전부터 우리가 엘다도를 기르게 되면서 변화가 찾아왔어요."

두 번째 이미지에서 보이는 엘다도는 몸집이 줄어든 것 외에도 뿔의 크기가 줄어들었다.

"전파 감응 속도를 올리기 위해 준 히스톨라라는 식물을 집중적으로 섭취하면서 변화가 찾아왔죠. 일단 천적과 싸울 일이 없어서 뿔의 크기가 줄어들었고, 전용 케이지에서 지내면서 거기에 맞게 몸집도 줄었죠. 그다음은."

세 번째 이미지부터는 지금의 엘다도와 모습이 많이 닮았다. 지네 같던 다리들은 거의 사라졌고, 뿔도 흔적만 남은 상태였다. 무엇보다 단단한 껍질이 머리에만 남아 있게 된 것도 눈에 띄었다.

"이렇게 바뀌었죠. 케이지에서 지내면서 딱딱한 껍질이 필요 없어졌고, 움직이지 않아서 다리도 없어졌어요. 잘 보이지는 않지만 전파를 잡아낼 수 있는 더듬이가 나오기 시작한 때도 이때예요."

"주변 환경에 의해서 변화하는 게 진화라는 뜻인가요?"

철우의 대답을 들은 클레이가 흡족한 표정을 지으며 이미지를 껐다.

"모든 생물은 주변 환경의 영향을 받게 마련이에요. 아까 유전자에 대해서 물어봤죠? 그 유전자가 변화하는 게 시작이에요."

"그냥 물려주는 게 아니었네요."

"살아남으려면 환경에 맞춰서 변화해야만 하기 때문이죠. 그렇게 변화하는 환경에 맞추지 못하고 적응에 실패하면 그 종은 멸종되고 말죠. 지구에 공룡이 있다가 운석의 충돌로 인해 환경이 변하면서 적응하지 못하고 멸종한 게 대표적인 사례죠. 공룡이 사라진 지구를 지배한 건 포유류인 인간이었고요."

"엘다도에게서 껍질이 없어지고 뿔이 사라진 건 진화라고 볼 수 없지 않나요?"

"왜 그렇게 생각하죠?"

"스스로 지킬 수단이 없어졌잖아요. 다리도 사라져서 움직이기
도 힘들어진 것도 진화했다고 보기는 어려울 것 같은데요?"

뜻밖의 질문이었는지 잠시 고민하던 클레이가 대답했다.

"필요 없는 기관이 없어지는 걸 퇴화라고 불러요. 큰 의미에서
보면 퇴화 역시 진화의 일종이에요."

"왜요?"

"필요 없다는 걸 누가 판단하는 거죠?"

반대로 질문을 받게 된 철우가 주저했다.

"그건……."

"만약 엘다도가 야생으로 돌아간다면 다시 변화가 찾아올 거예
요. 뿔이 나고 껍질이 두꺼워지겠죠. 아마 빨리 움직이기 위해서
다리도 생길 거고요. 그건 퇴화가 아니라 변화, 혹은 진화라고 불
러야 해요."

"그렇군요."

지구 시간으로 수백 년을 살면서 우주 곳곳을 여행한 클레이는
깊이 있는 지식을 가지고 있었다. 때로 어렵기도 했지만 결국은 정
답으로 가는 길을 알려 줬다. 철우의 표정을 살펴본 클레이가 빙
그레 웃었다.

"너무 어려운 얘기를 했나 보군요. 이제 악시엔토에 거의 다 왔

으니 착륙할 준비를 해요."

고개를 끄덕인 철우는 조종석에 앉았다. 항법 장치를 확인하고 자동 조종을 해제한 그는 조종간을 잡고 클레이에게 물었다.

"쿵글라준토를 잡으려면 어디로 착륙해야 하죠?"

"일단 착륙부터 쉽지 않을 거예요."

"네?"

엉뚱한 대답을 들은 철우는 금방 무슨 뜻인지 알아차렸다.

"맙소사."

지표면에서부터 솟아오른 나무들이 성층권까지 뚫고 올라온 상태였다. 그것도 지표면이 보이지 않을 정도로 빽빽하게 자란 채 말이다. 충돌 위험 장치가 요란하게 울어 대고, 위험을 감지하는 새인 토그리가 네 개의 날개를 활짝 편 채 소리를 질러 댔다.

철우가 이름 대신 화석 새라는 별명으로 부르는 토그리는 글자 그대로 뼈만 남은 새였다. 심장을 비롯해서 생명 유지에 필요한 최소한의 기관들만 남았다. 심지어 머리도 뼈만 남은 상태에 눈알만 있어서 몹시 징그러웠다. 클레이는 그것이 뼈가 아니라 토그리가 살던 행성 대기에 있는 가스에 의해 피부가 석회질로 변한 것이라고 알려줬다. 하지만 그 석회질이 바로 뼈의 주성분이라는 걸 나중에 알게 되면서부터는 더더욱 싫어하는 존재가 되었다. 몹시 예민한 동물이라 위험을 굉장히 빨리 감지해서 클레이가 속한 종족들이 우주여행을 떠날 때 엘다도와 함께 꼭 데리고 다닌다고 했

다. 토그리가 계속 숨넘어가는 비명을 지르자 조종간을 잡고 있던
철우가 짜증을 냈다.

"저 겁쟁이 화석 새 좀 어떻게 해주세요."

"조종할 때는 집중하라고 했죠."

엄하게 얘기한 클레이가 토그리를 어깨에 올려놓고 날개 뼈를
쓰다듬어줬다. 그러자 토그리가 날개를 접고 부리를 닫았다. 한숨
돌린 철우가 외쳤다.

"내려갑니다. 꽉 잡아요!"

성층권까지 거의 10킬로미터를 자라난 것들은 나무가 아니라
회백색 기둥이었다. 한눈에 들어오지도 않을 정도로 큰 기둥 사이
를 이리저리 빠져나가던 철우는 갑자기 탁 트인 공간이 나오자 급
제동을 걸었다.

"여기 착륙합니다."

달팽이 모양의 우주선이 부르르 떨면서 속도를 줄였다. 그러자
잠잠했던 겁쟁이 화석 새가 다시 요란하게 울어 댔다.

"여긴 정말 알 수 없는 곳이네요."

우주선이 착륙한 곳은 나무를 닮은 회백색 기둥의 평평한 윗부
분이었다. 마치 버섯처럼 퍼진 형태라서 우주선을 착륙시키기에는
안성맞춤이었다. 엔진을 끄고 우주복을 입은 두 사람은 밖으로
나왔다. 대기에 산소가 적지 않게 포함되어 있었지만 일산화탄소

비율이 높아서 산소호흡기가 부착된 헬멧을 써야만 했다. 철우는 걸을 수 있도록 중력이 저절로 조절되는 자력 신발로 바닥을 쾅쾅 굴러 봤다. 둔탁한 금속성 소리가 들리자 클레이를 바라보면서 말했다.

"나무 같은 건 줄 알았는데 돌이네요."

"아마 처음에는 나무였을 거예요. 그러다가 대기에 일산화탄소 비중이 높아지면서 급속도로 탄화되어서 형질이 바뀐 것 같네요."

"왜 일산화탄소 비중이 높아진 거죠?"

철우의 물음에 클레이는 기둥으로 둘러싸인 주변을 돌아보다가 고개를 저었다.

"이 별에 관해서는 우리 클랜이 가지고 있는 자료들이 없네요. 문명이 발달한 적이 없어서 변화를 일으킬 만한 요인이 없었는데 이상하긴 해요."

"그나저나 여긴 어떻게 이동하죠?"

지표면까지는 까마득해 보였고, 안개 같은 구름이 두텁게 깔려 있어서 그 아래 뭐가 있는지도 보이지 않았다. 클레이가 특유의 주름투성이 우주복 가슴에 달린 버튼을 몇 개 누르고는 어깨에 올라탄 토그리의 다리를 쓰다듬었다. 그러자 뼈밖에 없는 날개를 펼친 토그리가 날아올라서는 철우의 양쪽 어깨를 발로 잡았다.

"얘 왜 이래요?"

클레이는 대답 대신 몸을 크게 부풀렸다. 그러자 주름투성이 우주복이 팽팽해지면서 허공으로 떴다. 그리고 토그리가 날갯짓을 하면서 철우의 두 발 역시 땅에서 떨어졌다.

"이러다 떨어지겠어요."

철우가 발버둥을 치자 클레이가 웃으면서 고개를 저었다.

"토그리가 살던 곳도 일산화탄소 비중이 높은 데라서 아주 잘 날아요. 그러니 의심하지 말고 그대로 몸을 맡겨요."

"으아아아!"

토그리가 그동안 놀림을 당한 복수라도 하듯이 요동을 치면서 날아올라서 풍선처럼 부푼 클레이의 뒤를 따랐다. 토그리가 어깨를 움켜잡은 발톱을 놓기라도 하면 아주 오랫동안 바닥으로 떨어져야 했기 때문에 철우는 최대한 몸을 움직이지 않았다. 토그리는 그런 철우의 불안감을 비웃기라도 하듯 클레이의 뒤를 따라 회백색 기둥으로 변한 나무들 사이를 유유히 날았다. 마음이 차츰 안정되자 주변이 보이기 시작했다. 기둥과 구름만 있는 줄 알았던 악시엔토 행성에는 다른 생명체들도 살았다.

"우와!"

특히 그의 눈길을 끌었던 것은 나선 모양의 형광색 비행체였다. 구름 사이에 긴 막대기가 세워진 채 둥둥 떠다니는 것처럼 보였는데 토그리의 날갯짓에 갑자기 형광색으로 변하면서 나선 모양으로 바뀌었다. 그리고 황급히 사라졌는데 아마 클레이 일행을 위험한 존재로 인식하고 도망친 것 같았다. 한참 날아가던 클레이가 높이를 낮춰서 기둥 사이의 구름 속으로 들어가자 토그리도 두 날개를 접고는 아래로 내려갔다. 아래쪽에는 다른 생명체들이 있었다. 매끈해진 기둥 중간에 달라붙어 있었는데 색깔이 똑같아 가까이서 보기 전까지는 구분할 수 없었다. 동그란 동전처럼 생긴 동물이었는데, 클레이와 토그리가 접근하자 긴 촉수 같은 걸 등에서 뽑아낸 다음에 요란스럽게 돌아다녔다. 아마 공격자로 오해한 것 같았는데 아무런 반응이 없이 날아가자 다시 촉수를 접고 기둥에 붙어 버렸다.

"어디까지 내려갈 거예요?"

헬멧에 붙은 통신기에 대고 묻자 지직거리는 잡음 너머로 클레이의 목소리가 들렸다.

"쿵글라준토는 지표면 근처에 주로 서식해서 잡으려면 더 내려가야 해요."

별다른 포획 도구도 없이 가는 클레이의 모습에 일말의 불안감을 느낀 철우가 조심스럽게 물었다.

"그런데 우리가 발견한다고 해도 순순히 잡힐까요?"

"우리 별 속담에 빈손보다는 맨손, 맨손보다는 세 손이 낫다는 얘기가 있어요."

"그게 무슨 뜻인데요?"

클레이가 속한 종족은 너무 많은 지식을 습득해서 그런지 가끔 뒤죽박죽으로 된 문장이나 속담을 구사할 때가 많았다. 대답을 하려던 클레이가 갑자기 목소리를 바꿨다.

"찾았어요. 잘 따라와요."

"그건 저한테가 아니라 얘한테……."

철우의 말이 채 끝나기도 전에 토그리가 접었던 두 날개를 더 펼친 다음에 속도를 높였다. 아까도 심장이 쫄깃했지만 속도를 더 내면서 하강하자 비교할 수 없을 정도로 긴장감이 밀려 왔다. 철우는 통신기를 켜 놨다는 걸 잊어버리고 미친 듯이 비명을 질러 댔다. 그럼에도 불구하고 클레이가 움직이는 속도가 워낙 빨라서 놓치고 말았다.

"어, 어디로 갔어요?"

"토그리가 알아서 안내해 줄 거니까 염려 말아요."

그 얘기를 들은 토그리가 안심하라는 듯 앙상한 부리로 울어 댔다. 그렇게 한참을 밑으로 내려간 다음에야 클레이와 만날 수 있었다. 클레이가 멈춘 곳은 회백색 나무 기둥 근처였다. 철우가 다가오자 클레이가 촉수로 기둥을 가리켰다.

"어, 안으로 파여 있네요."

날카로운 톱날 같은 걸로 파헤쳤는지 기둥에 사람이 들어갈 정 도로 구멍이 나 있었다. 클레이가 헬멧에 붙은 조명을 켜서 주변 을 비췄다.

"쿵글라준토의 서식지예요."

"여기에 산다고요?"

"석회질로 변한 나무 중간을 발톱으로 파서 구멍을 뚫고 새끼를 낳는다고 했어요."

클레이의 얘기를 들은 철우는 고개를 길게 빼서 안쪽을 들여다 봤다. 얼마나 깊게 팠는지 끝이 보이지 않았다.

"들어가 봐야겠어요."

철우의 얘기를 들은 클레이가 걱정스러운 표정으로 물었다.

"괜찮겠어요? 내가 들어가야 하는데 구멍이 작아서 우주복을 줄인다고 해도 안 될 것 같아요."

"들어가서 쿵글라준토가 있으면 어떻게 잡죠?"

"이걸 써요."

클레이가 건넨 것은 철우의 팔뚝 정도 되는 길이의 은색 봉이었다. 한쪽 끝에는 에너지가 흐르는 투명한 원형 봉이 달려 있어서 자연스럽게 반대쪽을 잡았다.

"지금 손으로 잡은 쪽 바닥을 세게 치면 에너지 자기장이 나가서 목표물을 포획하게 되어 있어요. 그다음에는 끌고 나오면 돼요."

"편리하네요."

"조심해서 들어가요."

미소를 띤 클레이의 말에 고개를 끄덕거린 철우는 구멍 안으로 들어갔다. 어둠이 주변을 감싸자 헬멧의 조명이 자동으로 켜져서 앞쪽을 비췄다. 웬만한 광선 용접기로는 흠집도 내기 어려울 것 같았던 석회질 기둥에 이렇게 큰 구멍을 팔 수 있다는 사실에 철우는 살짝 겁을 먹었다. 다행히 구멍은 그다지 깊지 않았다. 제일 안쪽에 둥지 같은 것의 흔적이 있었지만 정작 쿵글라준토는 보이지 않았다.

"어디 간 거지?"

실망한 철우가 둥지 주변을 이리저리 살펴보면서 투덜거렸다. 물이 흐르는 것 같은 소리가 희미하게 들렸다.

"뭐야?"

어둠 속이라 소리가 들리는 곳을 정확하게 찾을 수 없던 철우는 위쪽을 바라봤다. 덩어리 같은 게 보여서 순간적으로 움찔했지만 둥지의 그림자였다. 속으로 나지막하게 투덜거린 철우는 고개를 떨궜다가 둥지가 꿈틀거리는 걸 봤다. 옆으로 서서히 돌아간 둥지가 갑자기 불쑥 위로 솟으면서 다리와 머리, 그리고 머리와 꼬리가 나왔다.

"크, 쿵글라준토?"

알고 보니 둥지로 위장한 채 숨어 있었던 것이다. 공격성이 없다고 들었지만 눈앞의 쿵글라준토는 그런 것 같지 않았다. 딱딱한 등껍질 속 날개를 파르르 떨면서 철우를 노려봤다. 이상한 낌새를 챘는지 송신기로 클레이의 목소리가 들렸다.

"안에 무슨 일 있어요? 괜찮아요?"

안 괜찮다고 대답하려는 순간, 쿵글라준토가 날개를 활짝 편

채 비명을 질렀다. 마치 사람이 내는 것과 흡사한 비명 소리에 놀
란 철우는 있는 힘껏 밖으로 도망쳤다. 구멍 밖이 기둥의 중간이
었고, 바닥에는 아무것도 없다는 사실을 까맣게 잊어버린 채 말이
다. 아래로 떨어진 철우가 마지막으로 기억한 건 클레이가 그의 이
름을 불렀다는 것과 토그리가 앙상한 부리로 내지르는 비명 소리
였다.

정신을 차린 철우가 제일 처음 느낀 것은 포근함이었다. 아빠가
모는 우주 택시의 옆자리에 탔을 때 느꼈던 편안함과 비슷했다.
눈을 뜨고 싶지 않았지만 숨을 쉴 때마다 차가운 냉기가 느껴지
면서 정신이 돌아왔다. 정신을 잃을 정도로 높은 곳에서 떨어져서
살아 있을 거라고는 기대하지 않았지만 뜻밖에도 현실 속에서 눈
을 떴고, 다친 곳도 없어 보였다.
"여긴 어디지?"
철우는 하늘로 치솟은 회백색 기둥들 사이로 희뿌연 구름이 흘
러가는 광경을 바라봤다. 어마어마한 높이에서 떨어졌는데 멀쩡했
던 것은 그가 입었던 우주복의 추락 보호 장치 덕분이었다. 우주
에서 조난당하면 종종 대기권 안으로 떨어지는 경우가 있는데, 그
때 생기는 마찰열과 지면과의 충돌에서 버텨 낼 수 있도록 우주
복에는 젤라틴과 거품 성분의 쿠션으로 온몸을 감싸는 장치가 부
착되어 있었다. 얘기는 들어 봤지만 실제로 사용한 적은 없었는

데 장치가 제대로 작동한 덕분에 목숨을 건졌다. 하지만 쿠션 안에 있던 젤라틴과 거품이 터지면서 우주복이 더럽혀지고 말았다. 헬멧의 안면 유리도 깨져 있어서 벗어 버렸다. 다행히 지표면은 일산화탄소 비중이 높지 않은지 호흡에 문제가 없었다. 진짜 문제는 가슴에 부착된 송신 장치가 충격 때문에 완전히 부서져 버렸다는 것이다. 그 얘기는 이 행성 어딘가에 있을 클레이와 연락할 방법이 없어, 자칫하다가는 이곳에 홀로 남겨질 가능성이 높다는 것이다. 어린 시절 아버지에게 정해진 궤도가 아닌 곳으로 운행하다가 난파되어서 영영 사라져 버린 우주 택시 기사에 대한 얘기를 들었던 철우는 덜컥 겁이 났다.

"클레이!"

하늘에 대고 아무리 소리쳐 봐도 반응이 없었다. 오히려 철우가 외치는 소리를 듣고 쿵글라준토들이 모여들었다. 구름을 뚫고 나온 쿵글라준토들이 회백색 기둥에 발톱을 박은 채 내려다봤다. 한두 마리도 아니고 여러 마리가 모이자 철우는 아까 자신이 했던 행동을 떠올리면서 겁이 났다. 슬슬 뒤로 물러나던 철우는 우두머리처럼 보이는 덩치 큰 쿵글라준토와 눈이 마주쳤다. 마치 사람처럼 생긴 눈동자가 응시하는 걸 보고서 철우는 비명을 질렀다.

"우와아아!"

철우가 등을 돌리고 도망가자 쿵글라준토들이 일제히 날개를 펴고 뒤쫓아왔다. 부리로 딱딱거리면서 바로 머리 위를 위협적으로 날아다녔다. 철우는 두 손으로 머리를 감싸 안은 채 정신없이 뛰었다. 지표면은 평평했는데 작은 식물들이 발목까지 자랐고, 바닥은 쿠션을 깔아 놓은 것처럼 폭신했다. 온도 유지 장치도 고장 났는지 우주복은 금방 땀으로 가득 차 버렸다. 하지만 숨을 곳도 없었고, 조금이라도 걸음이 늦춰지면 쿵글라준토들이 부리로 딱딱거리면서 머리 위를 날아다녔다. 두목처럼 보이는 쿵글라준토는 높은 곳에 올라가서 마치 먹잇감을 노려보는 것처럼 도망 다니는 철우를 바라봤다.

"젠장."

숨이 턱까지 차오른 가운데 철우는 기둥에 손을 짚고서 주변을 돌아봤다. 쿵글라준토들이 발톱으로 할퀴려는 듯 가까이 날아다녔지만 더 이상 뛸 기운이 없어진 철우는 그대로 주저앉고 말았다.

"잡아먹든 말든 알아서 해."

그때 쿵글라준토가 아닌, 다른 생물체가 내는 울음소리가 들렸다.

"이, 이게 뭐야?"

날짐승이 아닌 듯 바닥까지 울렸다. 쿵쿵거리는 소리가 커지면서 바닥에 깔린 식물들이 자취를 감춰 버렸다. 쿵글라준토들도 날개를 편 채 부산스럽게 움직였다. 안개 같은 구름을 뚫고 나타난 것은 커다란 뿔이었다. 위쪽으로 휘어진 원추형 뿔이 회백색 기둥들과 이리저리 부딪치면서 철우에게 다가왔다. 뿔에 부딪친 회백색 기둥들은 부서지거나 금이 갔다. 철우에게 다가온 회백색 뿔의 끝부분이 갈라지면서 작은 머리가 나왔다. 이리저리 주변을 살펴보던 머리는 철우가 있는 쪽을 바라봤다.

"아차!"

철우는 얼른 기둥 뒤로 숨었지만 한발 늦고 말았다. 머리를 내민 뿔이 철우 쪽으로 방향을 틀었다. 가만히 보니까 다리가 없는 대신 두꺼비같이 생긴 작은 생명체들이 뿔을 떠받친 채 움직이는 중이었다. 뿔을 떠받친 두꺼비들이 속도를 높였다. 철우는 땀으로 범벅이 된 우주복을 벗어던지고 미친 듯이 뛰었다. 하지만 두꺼비들이 다리 역할을 해주는 뿔은 점점 가까이 다가왔다. 거의 따라잡히려는 찰나, 마치 점찍어 놓은 먹잇감을 빼앗기지 않으려는 것처럼 쿵글라준토들이 뿔에게 덤벼들었다. 영리하게도 뿔에게 바로 덤벼드는 것이 아니라 다리 역할을 하는 두꺼비들을 공격했다. 두꺼비들이 몇 마리 물려가자 속도가 줄면서 방향이 틀어졌다.

뜻밖의 공격을 받은 것에 놀랐는지 뿔의 머리가 이리저리 주변을 돌아보면서 신경질적인 소리를 냈다. 그러자 뿔의 몸통 여기저기에서 작은 구멍들이 열렸다. 그리고 거기에서 검은색 점액질들이 튀어 나갔다. 무슨 독성 같은 게 있었는지 그것에 맞은 쿵글라준토들이 바닥에 떨어져 고통스럽게 몸부림을 치면서 녹아버렸다. 양쪽이 그렇게 싸우는 사이, 철우는 정신없이 달렸다. 어느 정도 벗어났다고 생각한 순간, 갑자기 뭔가가 한쪽 발목을 확 감싸 버렸다.

"뭐, 뭐야!"

비명을 지를 틈도 없이 몸이 거꾸로 허공에 떴다. 회백색 기둥 사이로 끌려올라간 철우가 본 것은 거미줄 같은 것이 엉켜 있는 커다란 다리였다. 마치 뼈처럼 생긴 다리들이 있었는데 중간중간 거미줄 같은 것이 보였다. 그의 발목을 잡아서 끌어올린 것도 다리였다.

허공으로 끌어올려진 철우는 거미줄 위로 던져졌다. 끈끈이 같은 게 있는지 몸을 제대로 움직일 수 없었다. 거미줄에는 쿵글라준토의 것으로 보이는 등껍질 몇 개도 있었다. 다리 관절 사이에는 입 같은 것이 달려 있었는데 그걸로 삼켜서 소화를 하는 모양이었다.

발버둥치던 철우는 발목에 달린 호신용 진동 나이프를 꺼냈다. 다이아몬드 정도 되는 강도에다 자기 에너지로 미세한 진동을 일으키는 진동 나이프는 쉽사리 거미줄을 자를 수 있었다. 하지만 너무 급하게 자른 탓인지 아래로 떨어지고 말았다. 다행히 그리 높지 않았고, 지표면이 푹신한 탓에 큰 충격은 없었다. 하지만 충격은 만만치 않아서 한동안 정신을 차리지 못했다.

이리저리 뒹굴던 철우는 아까 자신을 낚아챈 다리가 머리를 노리고 내리찍는 걸 보고 옆으로 간신히 피했다. 손에 잡힌 진동 나이프를 휘둘렀다. 그러자 다리 끝이 잘리면서 초록색 액체가 쏟아졌다. 산성 용액이었는지 바닥에 떨어진 녹색 액체를 맞은 식물들이 연기를 내뿜으면서 쪼그라들었다. 간신히 피한 철우는 진동 나이프를 휘두르며 다시 달리기 시작했다. 우주선을 타고 각종 도구들을 이용했을 때는 몰랐지만 그것을 모두 잃고 난 다음에는 자신이 힘없는 먹잇감에 불과하다는 사실을 뼈저리게 느꼈다. 아울러 악시엔토라는 행성에 왜 이렇게 이상한 생명체들이 존재하는지도 궁금했다. 커다란 다리로 된 생명체는 끝이 잘려진 다리를 흔들어서 떨어뜨린 후에 철우를 쫓아왔다.

"뿔 다음에 다리야? 미치겠네, 정말."

다행히 다리는 뿔과 달리 회백색 기둥들을 피해 이리저리 방향 전환을 하면서 쫓아오느라 상대적으로 여유가 있었다. 거기다 쿵글라준토들이 떼를 지어 사방에서 나타나 다리를 물어뜯거나 할퀴었다. 물론 쿵글라준토들은 철우에게도 덤벼들어 철우는 그것들을 피해 이리저리 정신없이 도망치다가 어느 정도 위협에서 벗어났다고 생각하고는 숨을 돌리기 위해 걸음을 멈췄다. 그리고 놀라운 광경과 맞닥뜨렸다.

처음에는 커다란 구덩이인 줄 알았다. 움푹 들어간 그곳에 쿵글라준토들의 등껍질과 부리들이 덮여 있는 것을 보기 전까지는 말이다.

"무, 무덤 같은 곳인가?"

그게 사실이라면 아까 쿵글라준토들이 덤벼들었던 것도 이해가 갔다. 자기 종족의 무덤을 침입한 존재로 인식했을 수도 있기 때문이다. 일단 벗어나야겠다고 생각하고 몸을 돌리는데, 익숙한 진동이 느껴졌다. 아까 그 원추형 뿔이 움직일 때 나던 그 진동이었다. 주저하던 철우는 구덩이 안으로 들어가서 쿵글라준토의 등껍질을 뒤집어쓴 채 엎드렸다. 숨을 죽이고 있던 철우의 귓가에 쿵쿵거리는 소리가 더욱 크게 들려왔다.

"제발."

못 보고 지나가달라고 기도한 것이 먹혔는지 코앞까지 다가온 것 같던 진동이 차츰 멀어져갔다. 잠시 더 기다리던 철우가 조심스럽게 등껍질을 들췄다.

"이제 멀리 갔겠지?"

뿔은 보이지 않았다. 그 대신 뿔을 받치고 움직이던 두꺼비 같은 것이 한 마리 우두커니 서서 그를 응시했다. 가까이서 보니까 얼굴은 꼭 고양이처럼 생겼다.

"귀엽네."

철우가 저도 모르게 피식 웃는 순간, 고양이 얼굴을 한 두꺼비가 온몸을 파르르 떨면서 울어 댔다. 마치 누군가를 부르는 것처럼 느껴졌고, 멀어져갔던 진동이 다시 가까워졌다.

"아차, 몇 마리를 풀어 놨던 거군."

생긴 것보다는 머리가 좋다고 느끼는 순간, 구름을 뚫곤 나타난 콩글라준토의 우두머리가 고양이 머리를 한 두꺼비를 발톱으로 낚아챘다. 그리고 하늘로 날아오르면서 부리로 쿡쿡 찍었다. 두꺼비는 잠시 더 울다가 축 늘어졌다. 하지만 회백색 기둥 사이로 나타난 뿔이 구덩이에 있던 철우를 발견했다. 어찌할 바를 모르던 철우에게 콩글라준토의 우두머리가 덤벼들었다.

"우악!"

철우는 비명을 지르며 진동 나이프를 휘둘렀고, 콩글라준토의 발톱을 잘랐다. 하지만 균형을 잃고 구덩이 안쪽으로 굴러떨어지고 말았다. 등껍질들과 함께 아래로 쓸려내려간 철우는 구덩이 끝에 있는 구멍 안으로 미끄러져 들어갔다. 안에 무슨 괴물 같은 것이 입을 벌리고 기다리고 있을 줄 알고 눈을 질끈 감았지만 아무것도 없었다. 조심스럽게 눈을 뜬 철우가 본 것은 낯설지만 낯익은 것이었다.

"집 같은데?"

구멍 안쪽은 커다란 공간이었고, 사람들이 만든 것 같은 집들이 보였다. 문과 창문, 그리고 지붕이 보였는데 뭔가를 가져다가 얼기설기 맞춘 느낌이었고, 만든 지 오래되었는지 하나같이 먼지를 잔뜩 뒤집어쓰고 군데군데 허물어져 있었다.

어리둥절해진 철우는 가까이에 있는 집을 살펴봤다. 벽은 우주선의 외부 패널을 쓴 것 같았고, 기둥은 엔진의 스팀 파이프를 이용했다. 내부는 완전히 먼지투성이였고, 거미줄 같은 것이 두껍게 덮여 있었지만 의자와 테이블, 그리고 침대 같은 살림 도구들의 흔적을 볼 수 있었다. 테이블의 둥근 받침대는 엔진 분사구의 원형 링 같았는데 바깥쪽에 레이저로 이름이 각인되어 있었다.

"아르고스 – 243호?"

번역기가 달린 헬멧도 없는 상태였지만 이름을 한번에 읽을 수 있었던 것은 아버지에게 배웠던 한글로 적혀 있었기 때문이었다. 철우는 다시 안쪽으로 들어가면서 집들을 살폈다. 사람들이 살던 것이 확실했는데 아주 오래된 듯 보였다. 그리고 줄지어 세워진 집 안쪽에는 거대한 우주선의 잔해가 있었다. 클레이와 함께 타던 우주선은 너끈히 들어갈 정도로 큰 엔진의 분사구들과 착륙 장치로 쓰이는 완충용 스프링이 달린 거대한 다리들이 보였다. 엔진 부품 중 하나인 실린더들도 이리저리 흩어져 있었는데 공통점이 하나 있었다.

"아주 오래된 거네."

골동품에 관심이 있던 아버지가 종종 홀로그램으로 보여 주던, 아주 오래된 우주선들에서 볼 수 있는 것들이었다. 그때는 화석 연료를 사용해서 엔진이 비정상적으로 크고 무거웠다. 아울러 메탈 루나 같은 금속이 없을 때라서 우주선도 크고 무겁게 만들어야 했다. 지금 우주 택시 같은 정도로 행성 간을 운행하려면 적어도 백 배는 커야만 했다는 말에 피식 웃었던 기억을 철우는 떠올렸다.

"진짜 불편하게 살았네요."

그 얘기를 들은 아버지가 예전 지구인들은 우주 밖으로 나올 줄 몰라서 오랫동안 지구 안에서만 살아야 했다고 해서 철우는 배꼽을 잡고 웃은 적이 있었다. 아버지의 말을 떠올린 철우는 이 우주선이 아주 오래전 지구에서 만들어졌다는 사실을 깨달았다.

"맙소사."

"이 우주선은 지구 시간으로 2만 5천 년 전 만들어진 항성 간 우주 이민선 중 하나예요. 아르고스 프로젝트로 불렸는데 인류가 최초로 대규모 이민 선단을 태양계 밖으로 보낸 것이죠."

우주선의 실린더 기둥 사이에서 클레이가 모습을 드러내면서 말하자 철우의 눈이 커지고 말았다. 클레이의 어깨 위에는 토그리가 얌전하게 앉아 있었다.

"클레이!"

철우는 힘껏 달려가서 품에 안겼다. 클레이는 촉수로 철우의 머리를 쓰다듬어 줬다.

"걱정했는데 다행이네요. 역시 인간들은 생존 본능이 뛰어난 것 같아요."

"절 어떻게 찾았어요? 통신기가 완전 박살 나서 못 찾을 줄 알았어요."

"우리 종족이 만든 우주복에는 토그리가 냄새를 맡을 수 있는 특수한 약품이 뿌려져 있어요. 그걸 따라왔죠."

"어? 우주복은 아까 밖에다 벗어 버렸는데요."

"맞아요. 그래서 헤매고 있었는데 쟤가 우리를 안내해 줬어요."

클레이가 가리킨 우주선의 잔해 위쪽에는 쿵글라준토의 우두머리가 앉아 있었다. 클레이가 가볍게 고개를 숙여 인사를 하자 쿵글라준토의 우두머리도 길게 울음소리를 한 번 내고는 날개를 펴고 사라졌다.

"쟤가요? 아까 날 잡아먹으려고 했는데요."

"이쪽으로 와 보세요. 흥미로운 게 있어요."

철우는 클레이를 따라 우주선 잔해 안쪽으로 들어갔다. 집들을 짓느라 많이 빼 갔지만 복도의 배선과 파이프들은 제법 남아 있었다. 클레이가 문의 흔적이 있는 곳으로 들어갔다.

"여기가 중앙 통제실이자 동면 캡슐이 있던 곳 같아요."

"우와."

철우는 끝도 없이 길게 늘어선 동면 캡슐과 기둥처럼 배열되어 있는 모니터들을 보고는 입을 다물지 못했다. 깨지고 금이 간 모니터들을 바라보면서 클레이가 말했다.

"당시 지구인들이 쓰던 엔진은 속도가 느렸기 때문에 태양계 밖으로 나가려면 아주 오랜 시간이 걸렸어요. 그래서 우주선에 탑승한 이민자들 상당수를 인공 동면 상태로 유지해야만 했죠."

"인공 동면은 부작용이 아주 크잖아요."

며칠 동안 수면 상태를 유지하는 건 상관없지만 몇 년에 걸친 장기 동면 상태를 유지했다가 깨어난 인간들은 뇌가 완전히 파괴되는 경우가 많았다. 원인이 밝혀지지 않았지만 워낙 치명적이었기 때문에, 치료법이 개발되고 인공 동면을 하지 않는 현재에도 인간들 사이에서는 지능에 문제를 일으키는 질병을 모두 인공 동면병이라고 불렀다.

"우리 클랜에서 확인한 자료에는 아르고스 243호에 관한 것이 있어요."

클레이의 말에 호기심을 느낀 철우가 물었다.

"다 들어 있나요? 그럼 대체 여기에는 왜 내린 거예요?"

"원래 목적지는 아니었어요. 태양계를 막 벗어나던 시점에 운석과 충돌하면서 중앙 통제실의 항법 컴퓨터가 말썽을 일으킨 거죠."

"그래서 엉뚱한 곳으로 왔군요."

철우의 물음에 클레이가 고개를 끄덕거렸다.

"한참 엉뚱한 곳으로 왔죠. 뒤늦게 그 사실을 알고 다시 떠나려고 시도했지만 보시다시피 착륙 과정에서 큰 충격을 받는 바람에 다시 비행하는 것이 불가능했어요."

"그래서 여기 머물면서 집을 지은 거군요."

"바깥에 위험한 동물들이 많으니까 안전한 이곳에 거주지를 만든 것 같아요. 거기다 우주선의 잔해를 이용하고, 에너지원을 가져오려면 가까운 곳에 있는 게 유리했으니까요."

"그런데 지금은 다들 어디로 사라졌나요? 아까 보니까 이 별에
는 이상하고 무서운 것들이 많이 있어서 다들 잡아먹힌 건 아니
겠죠?"

"그게……."

주저하던 클레이가 중앙 통제실 안쪽으로 들어갔다. 철우가 뒤
따라가자 클레이가 대형 모니터의 잔해 앞에서 멈췄다.

"우주선이 지표면과 충돌하면서 연료가 누출되었어요. 당시 지
구인들이 쓰던 엔진은 화석연료를 사용했는데 그 성분 중에 하나
가 바로 일산화탄소였죠."

"그럼 이 별의 대기 성분에 있던 일산화탄소가 바로 이 우주선
에서 유출되었단 말이에요?"

철우의 물음에 클레이가 고개를 끄덕거렸다.

"그랬던 것으로 보여요."

"그래 봤자 우주선 한 대에서 일산화탄소가 얼마나 나온다고
이 행성의 대기 성분이 변한 건 가요?"

"우리가 아까 봤던 회백색 기둥들이 일산화탄소에 반응을 해서
비슷한 성분을 배출했다면 성분이 변하는 데에는 그리 오래 걸리
지 않았을 거예요. 그러면서 악시엔토 행성에 있던 대형 수목들의
성분이 바뀌었고, 생명체들도 거기에 맞춰서 변화를 해야만 했어
요."

"그래서 이렇게 괴상한 생명체만 남았군요."

철우의 대답에 클레이가 고개를 저었다.

"생명체에게 괴상하다는 말은 안 어울려요. 어쨌든 생존을 위해 변화했다고 할 수 있죠."

"이런 사고로 인해서 생긴 변화도 진화라고 부를 수 있나요?"

"그걸 왜 사고라고 부르나요?"

뜻밖의 질문에 철우는 우주선의 잔해를 돌아보면서 말했다.

"원래 여기에 올 계획이 없는 우주선이었잖아요. 거기다 충돌로 인한 사고로 대기가 변했고, 그걸로 인해서 생물체들이 변화했으니까요."

"계획된 것이 아니라고 해서 사고라고 부를 수는 없어요."

"그럼요?"

"운명이라고 봐야겠죠."

클레이가 힘주어 말하자 철우는 고개를 끄덕거렸다.

"무슨 얘기인지 알겠어요."

"퇴화도 일종의 진화라고 할 수 있는 것처럼 악시엔토가 겪은 변화 역시 진화라고 봐야 해요. 인간들은 원래 지구에 있던 공룡들을 대신해서 진화했지만 야만적일 정도로 잔혹하고 난폭하잖아요. 자신들과 같은 종족을 그렇게 학살하고 죽이는 건 우주의 모든 종족들 중에 인간이 으뜸일 거예요. 하지만 우린 그걸 사고가 났다거나 잘못되었다고 보지 않아요."

철우가 수긍하는 표정을 짓자 클레이가 조심스럽게 말했다.

"사실 대기의 변화로 인해 바뀐 건 또 하나 있어요."

"그게 뭔데요?"

클레이가 대답하려는 찰나 바깥에서 시끄러운 소리가 들려왔다. 구멍이 뚫린 천정으로 쿵글라준토들이 빼곡하게 자리를 잡고 두 사람을 내려다봤다. 그걸 본 철우가 떨리는 목소리로 중얼거렸다.

"설마……"

"맞아요. 이 별에 머물게 된 인간들도 대기의 변화에 노출되었고, 거기에 맞춰서 살아남도록 진화하게 되었어요."

"진화하려면 엄청 오랜 시간이 걸리지 않나요? 이 우주선은 불과 몇천 년 전에 여기 왔잖아요."

"대기가 워낙 급속도로 변했어요. 거기다 지표면의 환경들이 바뀌고, 생물체들이 사라지거나 거대하게 변하면서 거기에 맞추느라 급격하게 변화해야만 했죠."

철우가 믿지 못하는 표정을 짓자 클레이가 홀로그램을 보여줬다. 거기에는 두 발로 걷던 인간이 네 발을 쓰게 되고, 등에 껍질이 생기고, 머리가 변하고, 날카로운 발톱이 돋는 것을 보여줬다. 그러면서 마지막에는 날개가 생겨나는 걸 본 철우는 입을 다물지 못했다.

"말도 안 돼요."

"어째서요? 이들은 살아남기 위해서 변화한 것뿐이에요. 거기다 자신들의 조상인 인간을 보고 목숨을 걸고 도와 주기까지 했는걸요."

"그럼 아까 날 잡아먹으려고 한 게 아니라 지켜 준 거였어요?"

"아까 당신을 쫓아왔던 건 우느코라고 불리는 포악하기 이를 데 없는 생물체예요. 거기다 당신을 낚아챘던 문트라용도 쿵글라준토들의 천적이나 다름없어요."

"그런데 왜 날 지켜 준 거죠?"

"기억 때문인가 봐요."

"기억이요?"

"진화를 하려면 유전자가 이어져야 하는데, 이유는 알 수 없지만 조상의 모습과 닮은 존재를 발견하고 위험한 포식자들로부터 지켜 준 것 같아요. 그리고 비교적 안전한 이곳으로 데리고 왔나 봐요."

클레이의 얘기를 들은 철우는 지붕에 내려앉은 쿵글라준토들을 뭉클한 눈으로 바라봤다. 단지 조상과 닮았다는 이유로 목숨을 걸고 지켜 줬던 것이다. 철우와 눈이 마주친 쿵글라준토들이 일제히 날개를 펴고는 어디론가 날아가 버렸다. 긴장이 풀린 철우가 주저앉자 클레이가 다가와 토닥거렸다.

"혼자 떨어지고 통신기도 고장 났는데 포기하지 않고 살아 있어 줘서 고마워요. 하마터면 친구와 영영 헤어지는 줄 알고 걱정했어요.”

“끝까지 찾아 줘서 나야말로 고마워요. 그나저나 쿵글라준토한
테 도움을 받았는데 차마 못 잡아가겠는걸요.”

철우가 난처하다는 표정을 짓자 클레이도 촉수로 머리를 쓰다
듬으면서 고민에 빠졌다.

“그러게요. 이미 선금을 받았으니 빈손으로 갔다가는 우리 둘을
동물원에 가둬 버릴 거예요.”

그때 멀리서 뿔 모양의 생명체인 우느코가 울부짖는 소리가 들
렸다. 철우와 클레이는 거의 동시에 서로의 얼굴을 보고 씩 웃었
다.

“그래, 엄청난 걸 잡아왔다고?”

검은색 액체에 절인, 사람처럼 생긴 먹이를 게걸스럽게 먹어치
운 은토커의 말에 철우는 차마 대답을 하지 못하고 고개를 돌렸
다. 그 대신 촉수를 치켜든 클레이가 대답했다.

“악시엔토 행성에 가니까 쿵글라준토들의 숫자가 너무 많았습
니다. 그래서 그 행성에서 손에 꼽힐 정도로 개체수가 적은 걸 잡
아왔습니다.”

“오! 반가운 소식이군. 어서 데려와 봐.”

은토커가 흡족해하는 눈치를 보이자 클레이가 촉수를 흔들어
서 끌고 오라는 신호를 보냈다. 잠시 후, 에너지 장막이 걸린 문으

로 자기장 포획 망에 갇힌 거대한 뿔 모양의 생명체 우느코가 끌려왔다. 독특하고 거대한 우느코의 모습에 은토커는 방금 전 삼킨 사람 모양 먹이를 토해 낼 정도로 기뻐했다. 잡혀온 우느코는 몸부림을 쳤지만 겹겹이 둘러쳐진 자기장 때문에 꼼짝도 하지 못했다.

기분이 좋아진 은토커가 의뢰비의 두 배를 주라고 하는 소리를 들으며 두 사람은 그곳을 벗어날 수 있었다. 철우가 웃으며 손을 치켜들자 클레이가 촉수로 하이파이브를 날렸다.

우주가 아름다운 이유

김이환

김이환

2004년부터 지금까지 〈절망의 구〉〈초인은 지금〉〈엉망진창 우주선을 타고〉 등 열네 편의 장편 소설을 발표했다. 2009년 멀티 문학상, 2011년 젊은 작가상, 2017년 SF 어워드를 수상했다. 단편 〈너의 변신〉이 9개국어로 번역되었고 프랑스에서 출간되었으며, 장편 소설 〈절망의 구〉는 일본에서 만화로도 출간되었다.

학원에서 집으로 돌아오는 길에 지하철을 탔는데, 잘못 탔다. 버스를 타도 됐는데, 흔들리는 것이 싫어서 그날은 지하철을 탔다. 다리도 아프고 졸리기도 해서 자리에 앉자마자 바로 눈을 감았다. 지하철을 제대로 살펴보지도 않았다. 그럴 생각도 안 했던 것이, 네 번째 정거장에서 내리면 됐기 때문에 첫 번째 역에서 멈출 때는 아예 눈을 뜨지 않았다. 안내 방송에도 귀를 기울이지 않았던 것 같다.

첫 번째 역에서 출발해 한참을 갔는데도 다음 역에 서질 않아서 이상했다. 그래서 눈을 떴더니 지하철은 사람이 없을 시간이 아닌데도 한 칸 전체가 텅 비어 있었다. 당황한 나는 가방을 끌어안고 멍하니 주변만 둘러보았다. 분명히 처음 탔을 때만 해도 많지는 않아도 승객이 있었다. 저번 역에서 전부 다 내렸을까? 그럴

리가 없는데. 혹시 지하철을 잘못 탔나 생각했지만, 잘못 탈 이유
가 없었다. 갈아타는 역도 아니고 반대 방향으로 탄 것도 아니었
다. 그리고 계속 기다려도 기차는 두 번째 정거장에 도착할 기미
가 없이 끝없이 어둠 속을 달려갈 뿐이었다. 아니면 지하철에 문
제가 생겼으니 승객은 전부 내리라는 안내 방송이라도 나온 걸까
생각했지만, 분명 그런 방송은 듣지 못했다. 오히려 기억을 더듬어
보니 다음 정거장 안내 방송도 나오지 않았던 것 같았다.

만약 첫 역에서 잘못 탄 걸 깨닫고 거기 내렸다면 어떻게 됐을
지 지금도 궁금하다. 집에 돌아갔을지, 못 돌아갔을지······.

그때쯤, 창밖을 보다가 창밖의 어둠이 지하의 어둠이 아니라는
생각이 차츰 들었다. 지하철을 타면 보이는 시멘트 벽에 조명이 켜
진 풍경이 아닌 어두운 공간만이 있었다. 군데군데 흰 점처럼 희
뿌연 것들이 있었는데 아무리 봐도 별 같았다. 나는 뭐가 어떻게
된 건지 알 수 없었다. 다음 순간 지하철 한쪽 문이 열리더니 도
마뱀 머리를 한 남자가 들어와 성큼성큼 내 앞을 가로질러서 반대
쪽 문을 열고 나가 버렸다. 문을 여닫을 때 잠시 입에서 두 갈래
로 갈라진 혀가 나왔다가 들어갔다.

도마뱀 남자가 그대로 다음 칸으로 사라진 다음에도, 나는 여
전히 상황을 잘 파악하지 못했다. 잘못된 것이 아니라고 애써 합
리화했던 것 같다. 우연히 머리에 도마뱀 가면을 쓴 남자를 본 거
라 믿고 싶었다. 지하철에서 그런 사람을 만날 일은 전혀 일어나

지 않는데도 말이다.

나는 자리에서 일어나 그가 사라진 쪽 칸을 들여다보았다. 문 너머가 완전한 어둠이었기에, 이제는 불까지 꺼진 건가 싶었다. 문을 열고 그 너머를 보았는데 어둠 속에서 거대한 뭔가가 움직였다.

"공룡?"

나는 중얼거렸다. 거대한 공룡이 어둠 속에서 나를 노려보고 있었다. 티라노사우루스 같았는데, 내가 아는 거대한 육식 공룡은 티라노밖에 없으니 다른 것일 수도 있었다. 중요한 건 공룡이 날 보자마자 큰 이빨이 삐져나온 거대한 주둥아리에서 침을 뚝뚝 흘리면서 다가왔다는 것이다.

"그쪽으로 가면 안 돼."

누군가 목덜미를 잡아서 나를 끌어당겼다. 문이 닫혔고, 공룡은 그 너머에서 한동안 으르렁대다가 다시 어둠 속으로 돌아갔다.

"식당 칸은 이쪽이야."

공룡에 잡아먹힐 뻔한 나를 구해 준 사람을 보았다. 우주복을 입고 있었고, 머리에는 헬멧을 쓰고 있어서 얼굴이 보이지 않았다. 목소리는 아마도 내 나이 또래의 남자아이 같았다. 내가 말없이 쳐다만 보자, 그는 손을 들어 다시 반대 방향의 문을 가리키며 말했다.

"우주의 안쪽으로 가다가 갈라진 왼쪽이야."

"너는 왜 우주복을 입고 있어?"

그제야 그는 헬멧을 벗었다. 추측대로 내 나이 또래의 남자아이였다. 헬멧은 컸지만 무겁지 않아 보였고, 입고 있는 우주복도 영화 속 우주복처럼 두껍고 크지 않았다. 하지만 겉에 붙은 이상한 기계 장치나 파이프 같은 것들을 봐서는 우주복이 맞았다.

"우주철을 탔으니까 우주복을 입고 있지. 너도 가방에 우주복 가지고 있는 거 아냐?"

그는 물었다. 하지만 나는 우주복 같은 건 가지고 있지 않았다. 내가 지하철이 아니라 우주철을 타고 있는 줄도 몰랐다. 꿈을 꾸고 있다고 믿고 싶었지만, 아니었다. 바닥에 넘어졌던 엉덩이가 여전히 얼얼했으니까.

"여기가 어디야?"

내가 묻자, 우주복을 입은 소년은 말했다.

"우주철 처음 타? 나 배고픈데 식당 칸으로 가자."

"내 이름은 영만이야."

그는 말했다. 영만은 중학교 2학년이었다. 그러니까 나와 같은 나이에 같은 학년이었다. 나는 영만을 따라 우주철의 식당 칸으로 갔는데, 중간에는 둘로 갈라진 길이 있어서 놀랐다. 둘로 갈라진 우주철이 앞으로 잘 날아가고 있는 게 이해가 가지 않아 신기하다고 말했더니 영만은 대답했다.

"두 갈래 정도에 놀라는 거야? 다섯 갈래로 갈라진 것도 있는 걸."

　영만은 나보다 키와 덩치가 더 컸고 힘도 센 것 같았다. 그리고 어른스러운 면이 있었다. 지금 생각하면 영만은 꽤 똑똑한, 웬만한 어른보다도 더 똑똑한 중학생이었나 싶다. 영만을 따라 도착한 식당 칸에서 우리는 탕수육을 먹었다. 식당 칸에 커다란 자판기가 있었는데, 온갖 메뉴가 다 있었고 그중에는 탕수육도 있었다. 식당 칸에는 우리 말고 새와 물고기를 합쳐 놓은 것처럼 생긴 외계인이 정체불명의 보라색 음료를 마시고 있었다. 그런데 메뉴 중에는 탕수육 역시 있는 것이다……. 그러니까 우주철은 지구와 달랐지만, 또 같은 점도 있었다.

　탕수육이 담긴 접시가 자판기에서 나오자마자, 영만은 배가 고프다며 탕수육에 소스를 그대로 부었다. 나는 먹을 마음이 나지 않아 거의 먹지 않았다. 평소의 나라면 탕수육 소스를 부을 것인지 붓지 않을 것인지를 두고 고민을 많이 했을 텐데, 지금 상황에서는 소스 따위 알게 뭐가 싶었다.

　탕수육을 먹는 영만에게 상황을 설명했다. 지하철을 탔고, 집으로 가야 하는데 여기가 어딘지 모르겠고 등등의 말을. 영만은 별로 놀라지 않고 들었다. 왜 놀라지 않는지 내가 더 놀랄 정도였다. 탕수육을 먹는 동안 우주철이 멈췄고, 우리 옆에서 보라색 액체를 꾸역꾸역 마시던 새와 물고기를 합쳐 놓은 것처럼 생긴 외계인도 내렸다.

우주철이 출발하자 영만은 말했다.

"방금 멈춘 역은 '후회하는 도시'야."

영만은 내가 아무것도 모른다는 걸 깨닫고 다시 설명했다. 이것저것 후회할 일이 많은 사람들이 이 도시에 가서 후회한다고 했다.

"온 도시가 후회하는 사람들로 가득하다는 거야?"

그렇다고, 영만은 탕수육을 씹으며 대답했다.

"여기에 오지 말걸 하고 후회하는 사람도 있어?"

"그러면 떠나도 돼. 다음 정거장은 '다시 태어나는 도시'야. 다시 태어나고 싶은 사람이 모여."

어떻게 다시 태어나는지를 묻자 방법은 여러 가지라고 말했다. 몸을 다시 갖기도 하고, 기억을 지워 버리기도 하고, 로봇이 되기도 한다는 것이다.

"나는 그다음 정거장에서 내릴 거야. 우주의 모든 책이 있는 '도서관 도시'야. 거기서 한 달 동안 있으면서 시험 답안을 작성할 거야."

그제야 영만이 왜 우주철을 탔는지를 정확히 알게 되었다. 영만은 대학 시험을 보려고 여행하는 중이었다. 중학교 2학년인데 대학을 가다니, 나도 그러고 싶었다. 그런데 영만이 사는 곳의 대학 시험은 한국과 다소 달랐다.

"대학교에서 시험 문제를 발표해. 그리고 시간을 한 달 주거든.

한 달 동안 답을 준비해서 써 내는 거야. 채점 결과로 합격 불합격이 결정돼."

한 달이나 되는 시간 동안 답을 찾는다니 쉬운 시험 같았다.

"그렇게 생각하는 사람도 있지. 네 대학 시험은 어떤데?"

나도 학교와 학원과 집을 설명했다. 비슷한 것도 있고 다른 것도 있었는데, 영만은 대부분을 이해했다. 하지만 좀 엉뚱한 것을 이해하지 못했다.

"지하철이 뭐야?"

"우주철하고 똑같은데 땅속으로 가."

"땅속을 가지만 땅 위로는 못 간다고?"

"응."

"우주로도 못 가고?"

"응."

영만은 전혀 이해 못하는 표정이었다. 왜 지하철이 하늘을 날지 못하냐고, 중력을 제어하면 되지 않느냐고 물었다.

"지구에는 그 기술 아직 없어."

내가 알기로는 그랬다. 아니면 어디서 몰래 실험하고 있을까? 아니, 그럴 리가 없었다.

영만은 곰곰이 생각에 잠겼다.

"지하철을 탔는데 우주철이 됐다면, 아마 평행우주 때문일 거야. 평행우주는 알아? 우주를 갈 때 평행우주를 몇 통과해. 왜냐

하면, 공간을 줄여서 이동할 수 있거든. 아마 중간에 뭔가 착오가 생겼나 봐. 그래도 이상하긴 한데……. 평행우주 사람을 만나니 신기하다. 그나저나 인간들의 우주철을 타서 다행이다. 외계인의 우주철을 탔으면 우주복도 없으니 신체가 견디지 못했을 거야. 나와 같이 다녀야겠다. 인간을 잡아먹는 외계인도 있거든. 우주철 안에서는 안전한데, 너는 안전하지 않을 수도 있겠다. 나와 같이 다니자."

영만은 말했다.

우리는 식당 칸에서 로봇을 호출하는 버튼을 누르고 기다렸다. 영만은 자판기에서 음료를 뽑아 가지고 왔는데, 많이 보던 보라색 음료였다.

"이거 아까 외계인이 먹던 거 아니야?"

"맞아. 요즘 가장 많이 팔리는 거야. 맛있으니까 먹어 봐."

영만이 꿀꺽꿀꺽 마시기에, 나도 용기를 내서 맛을 보았다. 열댓 가지 과일을 하나로 섞은 맛이었는데, 맛있기도 하고 좀 미묘하기도 해서 많이 먹지는 않았다. 빨리 지구로 돌아가고 싶어서 초조했지만 도와 주는 사람이 있으니 안심이 되기도 했다. 한편으로는 영만도 할 일이 있는데 내가 방해한다는 생각에 미안했다.

"시험 중에 방해해서 미안해. 빨리 답을 찾아야 하는데 나 때문에 다른 일 하게 만들어서."

"시간은 충분해. 한 달이나 되니까. 다들 아직 시작도 안 했을 거야. 나는 전혀 감이 안 잡혀서 다짜고짜 집에서 나왔거든. 너무 어려운 문제가 나왔어."

"문제는 꼭 자기가 풀어야 해? 문제도 다 공개되고 돌아다니면서 푸는 거면 다른 사람이 대신 풀어 줄 수도 있잖아."

"답을 낼 때 뇌를 스캔해서 본인이 썼는지 검사해. 그게 싫어서 시험 안 보는 사람도 있어."

내가 영만의 대학 시험이 궁금하듯이 영만도 내 생활을 궁금해했다.

"지구에서는 우주에 대해 뭘 배워?"

"어, 우주는, 지구과학에서 은하와 우주라는 항목으로 배워."

나는 가족에 대해, 친구에 대해, 학교, 학원, 그리고 아직 발달하지 않은 지구의 과학기술에 대해 설명했다. 지구에서는 어려운 훈련을 받은 우주인만 간신히 달에 다녀올 수 있는데, 나는 우주철을 타고 있고 곧 움직이는 로봇을 만난다고 생각하니 재미있기도 했다. 하지만 영만이 정체불명의 우주 음료를 다 마시도록 로봇은 오지 않았다.

"왜 안 오지?"

영만은 중얼거리더니 로봇을 호출하는 버튼을 다시 눌렀다. 그리고 어느 나라 말인지 모를 말을 버튼에 대고 말했다. 버튼에서도 같은 언어로 답이 돌아왔는데, 영만이 대답을 통역해 줬다.

"우주철 인공지능이 그러는데, 로봇이 한참 전에 출발했고 식당 칸에 도착했어야 했대. 아직 안 왔는데 이상해……. 로봇이 대기하는 칸이 가까이 있으니까 직접 가보자."

우리는 로봇이 있는 칸으로 가는 동안 다양한 환경의 객차를 지나쳤다. 식물이 자라는 곳도 있고 연기가 소용돌이치는 곳도 있었다. 돌과 모래가 바닥에 깔린 곳도, 추운 곳도 더운 곳도 있었다. 사람은 한 명도 없었는데, 영만은 저번 정거장에서 다 내렸고 몇 정거장 더 지나야 사람들이 탈 것이라고 말했다. 몇몇 곳은 인간에게 유독한 공기가 있어서, 우주복을 입고 지나가야 했다. 우주철 여기저기에 승객들을 위한 여분의 우주복이 있어서 그걸 영만의 도움을 받아 입었다. 내 옷을 벗고 우주복으로 갈아입는 건 내키지 않으나 죽지 않으려면 좋든 싫든 입어야 했다. 옷도 헬멧도 별로 무겁지 않고 움직이기도 편해서 다행이었다. 나중에는 물에 잠겨 있는 객차도 지나갔다. 그 안에는 해파리 비슷한 것과 물풀 비슷한 생물도 있었는데, 영만은 둘 다 외계인이라고 말했다. 물풀이 도대체 어디로 가는 거였을까?

로봇이 대기하는 객차에 도착했을 때, 거기에는 다 부서진 로봇이 있었다. 정확히 내가 본 광경은, 커다란 공기청정기 같은 것이 부서져 있었고, 그걸 보고 영만이 상당히 충격을 받았다는 것이다.

"왜 로봇이 다 조각났지?"

영만이 나에게 물었지만 나도 이유는 몰랐다. 영만이 부품을 다시 연결하고 로봇의 몸체 이곳저곳을 누른 뒤 우주복과 연결해서 뭔가를 입력하기도 했다. 그제야 로봇은 간신히 켜졌다.

영만은 로봇에게 물었다.

"여기서 뭐 하고 있어?"

"누가 나를 부쉈어요."

"누가?"

"그건 몰라요."

신체가 부서지며 데이터가 같이 없어져서, 로봇은 습격을 당했던 사실만 기억하고 있었다. 영만이 로봇 이곳저곳의 버튼을 누르며 다급하게 말했다.

"복구 모드 작동해 봐. 운행 데이터 꺼낼 수 없어? 우주철에 접속해서 지금까지 어떤 경로로 왔는지 앞으로 어디로 가는지 변동 사항을 파악해야 해. 이런 상황에 사용하는 백업 데이터가 있을 거 아냐."

"안 돼요. 기능이 불완전해요. 부품을 가져다주시겠어요? 그래야 기능이 완전히 회복돼요."

"우리보고 부품을 가지고 오라고? 다른 로봇은 없어? 책임자도 없고?"

"있을 것 같아요? 있을 것 같냐고요!"

로봇이 버럭 화를 내자, 영만도 화를 냈다.

"왜 나한테 화를 내? 내가 널 부쉈어?"

"누가 고쳐 주지 않으면 인공지능에 접속이고 뭐고 못해요. 어디 있는지 위치를 알려 줄게요. 당장 가져와요. 그리고 부품을 끼워 줘요."

"이럴 시간 없어. 지구에 가야 한단 말이야."

영만이 말하자, 로봇은 지구가 어디냐고 되물었다. 나는 태양계, 금성, 화성 등을 설명했지만 로봇은 모두 알아듣지 못했다. 내가 어디서 탔는지를 알아야 그곳으로 우주철을 돌릴 수 있었다. 하지만 지구는 내가 알고 있는 이름이었다. 로봇이 아는 이름으로 지구의 위치를 찾아내려면 우주철의 인공지능에 로봇이 접속해야 했다. 하지만 로봇은 부품이 없으니 안 된다는 말을 되풀이했다.

영만은 말했다.

"침착하게 데이터를 찾아보라니까."

"내가 지금 침착하게 생겼어요? 다 부서진 로봇한테 너무한 거 아니에요? 부품 좀 찾아 줘요."

그리고 로봇이 울기 시작해서, 영만은 미안하다고 사과했다.

"알았어. 부품 갖다줄게."

객차를 이동하는 동안 영만은 로봇이 우리에게 귀찮은 일을 시켰다고 계속 투덜거렸다.

"엄살이 심한 로봇이야. 데이터 복구가 뭐 어렵다고. 인간이라고 우습게 보는 건가. 다른 로봇이 명령했으면 바로 알아들었을 텐데. 어휴 짜증 나."

그다지 기분이 좋지 않아 보여서, 나는 뭐라고 해야 좋을지 몰라 가만히 있다가 간신히 미안하다는 말만 했다. 영만은 괜찮다고 대답했다.

"너무 걱정하지 마. 로봇이 길을 찾기만 하면 금방 돌아갈 테니까. 수험생을 최대한 배려하게 되어 있거든. 너는 시험을 보진 않지만, 수험생이라고 거짓말하고 지구로 가 달라고 하면 가 줄 거야."

영만을 따라가는 동안 나는 좋지 않은 예감이 자꾸 들었다. 우주철을 잘못 탄 것도 이상한데 누군가 로봇이 부쉈다는 사실이 우연의 일치 같지가 않았다. 나는 영만에게 말했다.

"누가 로봇을 부쉈을까?"

"글쎄, 모르지. 누가 화가 났을 수도 있고. 재미 삼아서 그랬을 수도 있고."

"재미 삼아서 로봇을 망가뜨려?"

"세상에는 나쁜 존재도 있으니까."

"그럼 로봇을 부순 범인도 여전히 우주철 안에 있을까?"

"아마 저번 역이나 그 전 역에서 도망쳤겠지. 무서워서 그래? 걱정하지 마. 그건 어른들이나 로봇들이 알아서 할 거야. 우리는 우리 일만 신경 쓰면 돼."

첫 번째 부품이 있는 객차에 들어갔을 때, 그 규모에 상당히 놀랐다. 공장 기계처럼 커다란 것부터 망가진 컴퓨터 부속처럼 생긴 복잡한 부품들, 그리고 사람과 거의 비슷하게 생긴 마네킹의 신체 부품까지 온갖 것이 쌓여 있었다. 객차를 둘러보며 우주철이 얼마나 큰지 새삼 실감했다. 이렇게 큰 객차가 심지어 여러 갈래로 죽 이어진 것이다.

영만이 우주복 팔에 붙은 스마트 워치처럼 생긴 기계를 들여다보며 객차를 돌아다녔다. 로봇이 준 데이터가 시계에 표시된다는데, 그 표시로 필요한 부품의 위치를 찾을 수 있다고 했다. 그렇게 해서 도착한 부품 더미 위에는 거대한 뭔가가 앉아 있었다.

"나무가 있어."

"나무가 아니라 나무처럼 생긴 외계인이야."

내가 보기엔 커다란 나무가 부품 사이에 뿌리를 내리고 자란 것 같았는데, 그게 아니라고 영만이 설명했다. 우주복 팔에 달린 버튼을 여러 개 누르더니, 손을 나무에 갖다 댔다. 영만의 우주복에서 물이 끓는 소리와 공기가 뿜어져 나오는 소리가 들리기 시작했다.

"외계인이 음성언어로 소통을 안 하고 화학물질로 대화하니까 기다려야 해. 우주복 안에 화학물질을 보내는 장치가 있거든. 장갑에서 나온 물질에 반응해서 나무가 대답하기까지 시간이 걸릴 거야."

영만이 나무에 손을 댄 채로 우리는 한동안 나무 외계인이 화학물질 신호를 알아듣고 답하기를 기다렸다.

"왜 나무가 부품 위에 앉아 있는지 이상하네. 엉뚱한 곳에 있을 외계인이 아닌데. 물어볼 방법은 없고. 나무 외계인과는 복잡한 의사소통은 못하거든."

나는 애초에 나무가 어떻게 우주선을 탔는지부터 궁금했다. 왜 탔는지 이유도 짐작이 가질 않았다. 나무가 우주선을 타고 어딜 가는 걸까?

곧 영만의 시계에서 삐삑 소리가 났다. 시계를 보더니 영만이 설명했다.

"이제 비켜 준대."

그리고 나무와 그 밑의 부품 더미가 진동하기 시작했다. 나무 외계인이 부품 사이에서 뿌리를 걷어내더니 천천히 움직였다. 뿌리를 다리처럼 이용해 움직이는 모습은 꼭 아주 많은 다리로 움직이는 벌레의 움직임과 비슷했다. 나무는 다른 곳에 자리를 잡은 다음 한동안 나뭇가지를 부르르 떨었고, 나뭇잎과 부서진 나뭇가지가 사방으로 떨어졌다.

"꼭 화난 것 같은데."

"나무 외계인은 분노라는 감정을 몰라."

영만은 말했다. 그리고 부품 더미에서 찾아낸 공 모양의 데이터 유닛을 가방에 넣고는 다른 부품을 찾아 다음 객차로 움직였다. 나는 부들부들 떨고 있는 나무 외계인을 그냥 남겨 두고 가기 걱정스러웠지만, 영만은 신경 쓰지 않고 걸었다. 그저 왜 데이터 유닛을 한곳에 모아 놓지 않았는지, 로봇들이 일을 정말 이상하게 한다며 불평했다.

나무 외계인도 이상했는데, 다음 데이터 유닛을 찾다가 더 말이 안 통하는 사람을 만났다. 웬 술 취한 아저씨가 부품이 들어 있는 캐비닛 앞에 누워 있었다.

"아저씨, 여기서 주무시면 안 돼요. 로봇이 잡아가요."

그곳은 나무 외계인이 있던 창고 같은 곳이 아니라 평범한 객차였는데, 한쪽 벽에 캐비닛이 있고 그 앞을 아저씨가 막고 있었다. 다른 사람은 없었다. 아저씨 주변으로는 빈 병이 굴러다녔고, 우주복은 반쯤 벗어 놓은 상태에다 안에 입은 속옷이 다 드러나서 정말 흉했다. 술 냄새도 지독했다.

"야, 내 앞에서 로봇 이야기는 꺼내지도 마."

아저씨는 주저앉아 우리에게 하소연을 늘어놓기 시작했다. 영만이 듣고 싶지 않으니 그냥 비켜 달라고 말해도 소용이 없었다. 영만은 억지로 아저씨를 밀어서 옆에 앉히고 캐비닛 문을 열어 데이터 유닛을 찾기 시작했다. 그동안 나는 좋든 싫든 아저씨의 하소연을 들어야 했는데, 그의 말은 이러했다. 애완 공룡을 데리고 탔는데 같이 있을 수 없다며 따로 태워 그게 슬프다는 것이다.

"공룡이요? 혹시 그 티라노사우루스가 아저씨 거예요?"

"그래."

그러고는 우주철 직원이 찾아와서 자신에게 마취총을 쐈다고

156

했다. 영만이 어이가 없다는 듯이 말했다.

"직원이 총을 쐈다뇨. 우주철에 직원이 어딨어요, 로봇이죠. 그리고 공룡을 데리고 탔다고 마취총을 쏘다니 말도 안 돼요. 아저씨가 술에 취했으니까 그랬겠죠."

"나 술 안 취했다니까. 마취총을 맞아서 그런 거야. 술은 총을 맞은 다음 마셨어."

아저씨는 말했다.

"마취총을 쏘고는 복실이 사료도 빼앗아가 버렸어. 애완동물 탑승 허가도 받았는데, 뭐가 문제야? 공룡을 키우는 게 잘못이야? 언제부터 우주철이 폭력적이고 불친절해졌냐고! 언제부터!"

"티라노사우루스 이름이 복실이예요?"

내가 되묻자 아저씨는 슬픈 목소리로 대답했다.

"글쎄 복실이 사료를 가져갔다니까."

그러고는 굴러다니는 병 중 하나를 열어 술을 꿀꺽꿀꺽 마시더니 바닥에 벌러덩 누웠다. 복실이를 찾으며 횡설수설하는 그를 뒤로하고, 우리는 다음 객차로 이동했다. 이번에 찾은 데이터 유닛은 정육면체 모양이었다.

"구는 로봇을 재가동하는 유닛이고, 정육면체는 데이터를 정리하는 유닛이야. 이제 데이터가 백업되어 있는 유닛만 더 찾으면 돼……. 우주철에서 술 좀 안 팔았으면 좋겠는데. 뭐 나도 어른 돼서 술 마시면 생각이 달라지겠지."

그리고 우리는 마지막 부품을 찾아 계속 칸을 지나다가, 내가
탔던 칸에 도착했다.

"이다음 칸에는 공룡이 있잖아."

"그렇지. 지나가면 위험하니까, 밖으로 나가서 돌아가자."

영만의 말에 놀라서 물었다.

"우주철 밖으로 나가도 돼?"

"그럼. 너 만나기 전에 우주철 밖에서 산책하고 있었는걸."

우주철 밖으로 나가서 천장에 앉아 우주를 구경하다가 들어왔
는데, 막 복실이가 있는 객차로 들어가려는 나를 봤다고 했다. 그
렇다면 내가 처음 우주철에 탔을 때 영만은 천장에 있었다는 것
이다. 신기한 일이었다.

객차와 객차 사이의 공간에 밖으로 나가는 문이 있었다. 나는
두근대는 마음으로 헬멧을 푹 눌러썼고, 영만이 이중으로 닫힌
문을 열고 객차 밖에 붙은 사다리를 타고 위로 올라갔다. 분명 우
주철이 아주 빠른 속도로 움직이고 있다는데, 밖으로 나가 봤지
만 나는 별로 속도를 느낄 수가 없었다. 영만은 우주철이 앞으로
움직이지만 우주철 천장에서는 중력이 객차와 똑같이 작용한다고
설명했다. 무슨 말인지 이해하기 힘들었고 실제로 겪어도 잘 이해
가 가지 않았다. 확실한 건 나와 영만이 편안히 우주철 지붕을 걸
으며 밖의 풍경을 구경할 수 있었다는 것이다.

나는 물었다.

"그런데 왜 우주철 밖에 있었어?"

"당연히 시험 문제 때문에 그랬지."

영만은 대답했다가 설명을 덧붙였다.

"아, 말 안 했구나. 학교 입학시험 문제가 '우주가 아름다운 이유를 서술하시오.'야. 그래서 천장에서 우주를 둘러보고 있었어. 왜 아름다운지 이유를 찾아보려고."

우주가 아름다운 이유를 서술하시오……. 이상한 문제였다. 뭐라고 답을 써야 대학에 갈 수 있을까. 우리는 천장을 지나 다음 객차에 도착했다. 객차와 객차 사이의 연결된 공간에 들어가니 뒤에 있는 티라노사우루스가 보였는데, 그게 아저씨의 애완 공룡 복실이였다. 복실이의 몸에는 두꺼운 가죽 피부가 번들거리고 있을 뿐 전혀 깃털이 복슬복슬하지 않았다.

우리는 마지막으로 창밖의 우주를 본 다음 부품을 찾아 움직였다.

우리는 다시 우주철 안으로 들어와서 몇 개의 객차를 지났고, 이번에도 나무 외계인이나 술에 취한 아저씨만큼이나 골치 아픈 사람을 만났다. 바로 유령이었다.

"너희도 로봇 부품을 꺼내려고 그러니?"

할아버지가 우주철 객차 안을 둥둥 떠다니고 있었다. 흰 머리에 흰 수염을 달고 우주복을 입고 있었는데, 몸은 반쯤 투명해서 그 너머가 다 비쳤다. 그리고 우주철 안을 이리저리 날아다니다가 우리 앞으로 날아와서는 입으로 유령처럼 으스스한 소리를 냈다. 유령이 무섭진 않았다. 물고기와 새를 합친 것 같은 외계인과 칭얼대는 로봇과 움직이는 나무를 보고 난 후였으니까. 단지 정말 유령인지 혹은 다른 외계인인지 뭔지 궁금해서 영만에게 물었다.

"저 사람은 뭐야? 유령? 아니면 유령처럼 생긴 외계인이야?"

"나는 유령이다!"

유령이 대답을 가로채서 말하자 영만이 얼른 정정했다.

"세상에 유령이 어디 있어. 홀로그램 인공지능이야. 유령 행세를 하면서 장난치는 거야."

"장난?"

"응. 유령 흉내가 재밌나 봐."

홀로그램이라면 본체인 인공지능은 어디 있는 걸까? 유령은 이리저리 날아다니고 으스스한 소리를 내면서 우주철 안의 물건을 통과하다가 다시 우리 위로 날아왔다. 영만이 캐비닛으로 다가가자 그 앞을 막았는데, 영만이 그냥 손을 뻗어 유령의 몸을 통과해 캐비닛을 열자 무서운 목소리로 말했다.

"유령을 통과하는 건 예의가 아니야."

"그런 예의가 어딨어요."

영만은 짜증을 내면서 부품을 꺼냈다. 로봇이 부탁한 마지막 부품은 피라미드 모양이었다. 그렇게 세 개의 데이터 유닛을 모두 찾왔다.

나는 유령에게 물었다.

"우리가 로봇의 데이터 유닛을 꺼내려는 건 어떻게 알고 들어오자마자 물었어요?"

"부품을 찾으러 온 사람이 너희가 처음이 아니거든."

그리고 유령은 우주철 밖으로 날아가 버렸다. 다른 사람이 부품을 찾으러 왔다니 도대체 누구일까? 그때 영만이 말했다.

"고장 난 로봇을 다른 로봇이 고치려고 했나?"

영만이 나와 전혀 반대로 생각하고 있어서 나는 깜짝 놀랐다.

"그게 아니라, 로봇을 부순 사람이 아니었을까?"

"로봇을 부순 사람이 왜 부품을 가지러 와?"

"아마도…… 다른 사람이 부품을 못 가져가게 하려고?"

"하지만 우리가 가져가고 있잖아. 아직도 로봇을 누가 부쉈나 생각하는 거야? 어차피 범인은 우주철에서 내렸을 거야. 계속 타고 있었다면 우주철 인공지능이 그냥 뒀을 리 없어."

"그럼 누가 찾으러 왔을까?"

"그냥 아무 상관 없는 사람일 수도 있어."

로봇이 있는 객차로 돌아오는 동안 우리는 이것저것 생각해 봤지만, 딱히 떠오르는 이유는 없었다. 나무 외계인의 말도, 술 취한 아저씨의 말도, 유령의 말도 다 이상한 구석이 있었다. 하지만 정확한 원인은 나도 영만도 몰랐다. 우리가 부품을 들고 도착하자 로봇은 빨리 조립해 달라며 칭얼댔다. 영만이 부품을 넣고, 조립하고, 버튼을 누르는 동안 로봇은 말했다.

"우주철에 접속해서 데이터를 통합할게요……. 일하기 정말 싫다. 놀다가 하면 안 될까……. 어휴, 일은 해도 해도 끝이 없어……."

로봇은 계속 아이처럼 칭얼대더니 갑자기 중얼거렸다.

"승객들이 다 어디로 갔지?"

안 그래도 승객이 별로 없어서 이상하던 참이었는데, 로봇이 말을 이었다.

"흠, 우주철 인공지능에 따르면 다들 우주 외곽 쪽 방향 객차에 모여 있어요. 다섯 갈래로 갈라진 칸의 네 번째 길로 가서 세 번째 칸에, 교묘하게 승객들을 조종해서 모았어요. 공짜 음료가 있다고 방송하거나 복권 당첨 텔레비전 쇼를 보여 준다거나 하는 방식으로요. 하지만 인공지능은 승객을 조종하면 안 되는데, 왜 그랬지? 하지만 지금은 그게 중요한 게 아니니까. '지구'가 어딘지 알아내는 게 중요하죠. 그렇죠?"

"응……."

나는 대답했다. 로봇은 몸통에서 다리가 나와 걸어다닌다든가 다리를 접고 바퀴를 꺼내 빠르게 움직인다든지 갑자기 허공을 날아가기도 하는 등 이리저리 돌아다녔다. 그렇게 왔다 갔다 하며 기차 이곳저곳을 열었다가 닫고, 몸에서 전선을 빼내 벽의 구멍에 넣은 채 버튼에 대고 내가 모르는 언어로 소리쳤다. 우주철이 어떤 경로를 지나왔는지를 로봇이 탐색하는 동안, 나는 이제 집으로 갈 수 있다는 생각에 안도감이 들었다. 로봇이 우주철을 지구로 운행해 주면 내리기만 하면 된다. 하지만 동시에 우주철에서 무슨 일이 일어나고 있는지 걱정도 되었다.

나는 말했다.

"사람을 한곳에 모았다면 이상한 일 아냐?"

"그렇지."

영만은 대답했을 때, 로봇이 갑자기 외쳤다.

"이럴 수가! 누군가 우주철 인공지능을 해킹해서 평행 우주를 통과했어요. 그동안 멈춰서는 안 되는 역에 멈췄고, 운 없게도 타서는 안 되는 사람이 한 명 탔어요."

"그게 나잖아."

내가 말했지만, 로봇은 듣지도 않고 말을 이었다.

"우주철은 멍청하게 해킹을 당하기만 했어요. 내가 사태를 파악하고 인공지능에 잘못을 지적했지만 듣지 않았고요. 이 멍청한 우주선아! 그리고 누군가 나를 습격했어요. 아마도 해킹 사실을 알아내고 범인이 나를 부순 것 같아요. 하지만 내가 다시 접속해서 인공지능을 정상으로 되돌리면 되니까 괜찮아요."

나는 놀라서 되물었다.

"누가 해킹했다면 위험한 거잖아."

"물론 경찰에 바로 신고할 거예요."

"경찰은 어디 있지?"

영만이 묻자 로봇은 다음 역에서 대기하고 있을 거라고 대답했다. 그렇다면 우주철 안에는 없다는 뜻이었다. 그때 지하철이 멈추더니 방향을 바꿔서 움직이기 시작했다.

영만이 말했다.

"벌써 지구에 도착한 거야?"

"아뇨, 자기 마음대로 멈췄어요."

로봇이 대답했다. 그리고 객차 안에는 내가 모르는 언어가 흘러나왔는데, 영만이 곧 다음 역에 도착한다는 안내 방송이라고 설명했다. 로봇이 인공지능과 접속해 어찌된 일인지 알아내려고 애쓰는 동안 순식간에 정류장에 들어가서 멈췄다. 그곳은 지구가 아니었다.

영만이 창밖을 내다보며 중얼거렸다.

"여기는 어디지?"

"'거짓말하는 도시'지."

우리 뒤에서 누군가 말했다. 모두 놀라서 뒤를 돌아보니, 우주복을 입은 사람이 광선총을 들고 있었다.

"너는 나를 부순 놈이잖아!"

로봇이 외치자 그는 로봇에게 광선총을 쏘았다. 로봇이 쓰러졌고, 영만이 그에게 덤볐다. 나는 겁에 질린 나머지 몸이 굳어 움직

일 수 없었다. 영만이 그의 헬멧을 붙잡자 우주복을 입은 사람이
영만을 떼어내려다가 헬멧이 벗겨지고, 안에 있던 도마뱀 얼굴이
드러났다.

"도마뱀 남자!"

나는 외쳤다. 도마뱀 남자는 영만을 광선총으로 쐈다. 영만은
바닥에 쓰러졌다. 우주철의 문이 열리자 도마뱀 남자는 나를 걷어
차서 정류장에다 쓰러뜨렸다. 그리고 로봇도 들어서 객차 밖으로
던졌다. 문이 닫히고, 우주철은 기절한 영만을 태운 채로 출발했
다. 곧 우주철은 정류장을 떠났다. 나와 로봇은 '거짓말하는 도시'
에 남았다.

정류장 주변에는 날아다니는 자동차와 다른 우주선과 우주철
이 있었고, 멀리 우주철에서 타고 내리는 사람과 로봇이 보였다.
나는 낯선 곳에 떨어져서 겁에 질린 데다 도마뱀 남자가 영만을
어떻게 할지 걱정되어 그대로 바닥에 앉아만 있었다. 내 옆에서 어
지럽다고 칭얼거리던 로봇은 결국 우는 소리를 냈다. 아무리 나쁜
사람이라고 해도 로봇에게 마취총을 쏘다니 너무하다면서 일이
너무 힘들어 다른 직업을 갖고 싶다고 하소연했다.

그리고 경찰 로봇 둘이 다가와 우리를 내려다보았다.

"너희가 신고했냐?"

사람처럼 생겼고 경찰복을 입었지만, 다리 대신 바퀴가 있는 로

봇이었다. 둘은 똑같이 생겼는데 단지 한쪽이 다른 한쪽보다 크기가 더 컸다.

"우주철에 도마뱀 머리를 한 이상한 남자가 있어요. 우주철을 해킹하고 마취총을 쐈어요. 수험생이 기절했어요. 우리를 쫓아냈고요."

로봇이 말하자, 키 큰 경찰 로봇은 멀뚱히 보더니 말했다.

"저 말을 믿을 수 있으려나."

처음에는 경찰이 왜 저러는지 이해가 가지 않다가, 도마뱀 남자가 이곳이 거짓말하는 도시라고 말했던 것을 기억해냈다. 모두가 거짓말을 하는 도시에서는 경찰도 우리가 거짓말한다고 생각하는 것이다.

"너희가 말하는 도마뱀이 이 남자냐?"

키 작은 경찰 로봇이 몸통을 누르자 배에서 스크린이 켜졌다. 스크린에서는 뉴스에서 긴급 속보를 방송하고 있었다. 거대한 말벌처럼 생긴 외계인 아나운서가 말했다.

"악명 높은 우주철 강도 도마뱀 남자가 탈옥했습니다."

우주철 마흔다섯 대를 훔친 죄로 감옥에 있던 도마뱀 남자가 탈옥해 다시 마흔여섯 번째 우주철을 훔쳤고, 지금 우주철을 타고 도망 중이라고 설명했다.

"도마뱀 남자는 인공지능을 해킹하고 무기를 탈취해 우주철을 납치했다고 합니다. 승객을 객차로 몰아 놓은 다음 그 객차를 우주철과 분리했고, 우주를 표류하던 승객들은 방금 구조됐습니다. 현장에 나가 있는 기자를 통해 소식을 들어보겠습니다."

화면이 바뀌었고, 이번에는 거미처럼 생긴 외계인 기자가 승객에게 마이크를 들이대고 물었다.

"지금 심정이 어떠십니까?"

"복실아!"

술 취한 아저씨가 울부짖었다. 화면은 스튜디오로 돌아와 외계인 벌 아나운서를 비췄다.

"당분간은 우주철을 타기 전 도마뱀 남자가 있는지 확인하시기 바랍니다. 다음 소식입니다. 올해 대학 시험 문제는 쉬운 걸까요, 어려운 걸까요? 전문가 의견을 들어 보겠습니다."

작은 경찰 로봇이 몸통을 눌러서 스크린을 끄자, 키 큰 로봇 경찰이 말했다.

"저 뉴스를 믿어도 돼? 전부 거짓말일 수도 있잖아. 나는 뉴스를 안 믿은 지 1년쯤 됐어."

그 말에 로봇이 버럭 화를 냈다.

"이 멍청한 로봇들아! 너희는 뭘 믿고 다니냐? 내 말은 왜 믿니? 출동은 왜 했어? 그냥 우리를 잡아가시지? 우리가 도마뱀이 아닌 줄은 어떻게 알아?"

로봇의 말을 믿어야 할지 말아야 할지 경찰 로봇은 골똘히 생각에 잠기더니, 이윽고 키 큰 경찰이 말했다.

"일단 지원을 요청하자고. 로봇은 거짓말을 안 하니까."

"누가 그래?"

키 작은 로봇이 되물었다.

"내 로봇 친구가."

"그 로봇 말은 믿을 만해?"

이런 헛소리를 들을 시간이 없었다. 친구가 마취총에 맞아 쓰러졌으니까.

"친구건 형제건 상관없이 영만을 구해야죠. 지금 우주철 강탈범에게 붙잡혀 있어요. 마취총에 맞아서 기절했다고요."

그러자 경찰 로봇이 대답했다.

"흠, 지원 팀에 그것도 말해 두마. 믿을 만하지 않지만. 그러면 우리 같이 경찰서에 가서 기다릴래? 탕수육이 있는데. 다들 우리 말을 믿진 않지만, 탕수육이라면 따라오거든."

"탕수육 같은 소리 하네! 영만이나 구해, 멍청한 로봇들아!"

로봇이 버럭 화를 냈다. 하지만 경찰 로봇들은 머리를 긁적이며 말했다.

"글쎄, 그 말을 들어야 할지…"

우리가 따라가지 않겠다고 하자 경찰 로봇은 그냥 가 버렸다.

나는 로봇을 붙잡고 말했다.

"우리끼리라도 영만을 구해야 해."

"당연히 그래야죠."

"하지만 거짓말하는 도시잖아. 누구도 우리 말을 듣지 않아. 어떻게 구해야 좋을지 나도 모르겠어. 우리가 당장 행동해야 한다는 것 빼고는 아무것도 모르겠어."

로봇은 곰곰이 생각하더니 말했다.

"우주철로 돌아가서 도마뱀 남자를 무찌르고 영만을 구하는 수밖에 없어요."

"이미 떠난 우주철을 어떻게 다시 타?"

"평행 우주를 조정해 다시 타면 돼요."

아직 우주철이 뭔지도 이해 못한 나로서는 로봇의 말을 알아듣기 힘들었다. 떠난 우주철을 평행 우주를 통해 다시 탄다니?

"우주철을 앞질러 간다고 생각하면 돼요. 그러려면 정말 빨리 가야 해요. 우주선으로도 안 돼요. 평행 우주를 통해 공간을 줄여서 가는 거예요. 공간을 줄여 주는 포털이 있어요."

로봇은 몸통을 두들겼고, 마치 경찰이 그랬던 것처럼 스크린이 떠올랐다. 도시의 지도가 나왔다.

"포털이 있는 건물은 여기예요. 도시 중간에 있어요. 중요한 물건이라서 항상 중요한 곳에 있어요. 여기로 가요."

포털이 뭔지 여전히 몰랐지만 일단 가자고 결심했다. 우리는 역을 나가서 택시를 붙잡았다. 택시 타는 일이 제일 쉬워 보였는데, 실제로는 전혀 그렇지 않았다. 택시가 우리 앞에 서고 문이 열렸는데 안에는 운전사가 없었다. 그런데 누가 말을 걸었다.

"목적지가 어디십니까?"

어디서 목소리가 나오는지 택시가 어떻게 움직이는지 이해가 가지 않아 나는 어리둥절했다.

"운전자가 없잖아."

"로봇이 조종하니까요."

어디선가 대답이 들려왔다.

"택시 안에 로봇이 있는 거야?"

"택시가 로봇이에요. 이봐 택시, 포털로 가 줘요. 급하니까 최대한 빨리요."

"선불입니다."

택시 안에서 목소리가 대답했다. 여전히 택시 자체가 로봇이라는 사실이 이해가 가지 않아 멍하니 있는 나를 두고, 로봇과 택시는 말싸움을 벌였다.

"택시가 선불이라고요? 그런 게 어딨어요?"

"돈은 있습니까?"

택시의 질문에 로봇은 망설이더니 대답했다.

"당연히…… 있죠……."

"거짓말인지 어떻게 알아요? 미리 주기 전에는 돈이 있다는 걸 안 믿어요."

그렇게 말하고는 택시는 문을 닫고 떠나 버렸다. 로봇은 침울해져서 말했다.

"이럴 줄 알았으면 복권 사는 데 다 써 버리지 말고 월급을 모아 두는 건데."

우리는 다음 택시를 붙잡고 정말 급한 상황이니 포털까지 태워 달라고 설명했다. 하지만 그 택시도 정말 급한 상황인 줄 못 믿겠다면서 그냥 가 버렸다. 아무도 우리 말을 듣지 않으니 정말 어떻게 해야 할지 알 수 없었다.

"도대체 이런 도시가 왜 있는 거야?"

"거짓말을 하고 싶은 사람들을 위한 도시예요."

로봇이 설명했다. 거짓말을 하려고 도시를 만들다니 정말 어이가 없다고 생각하는데, 갑자기 좋은 아이디어가 떠올랐다.

"잠깐, 그러면 우리도 거짓말을 하면 되잖아?"

나는 택시를 붙잡고, 택시가 뭐라고 묻기도 전에 이렇게 말했다.

"수험생인데, 빨리 가야 해요. 포털로 갈 수 있을까요?"

"수험생이라면 믿을 수 있죠. 무조건 도와야죠. 얼른 타세요. 돈 안 내셔도 됩니다."

택시는 대답했다.

포털이 있는 곳으로 들어가는 동안, 나는 건물 입구에 있는 사람, 경호하는 로봇, 그리고 또 마주친 많은 사람들에게 계속 수험생이라고 거짓말을 했고 모두 내 말을 믿었다. 아무도 내가 수험생은커녕 지구에 사는 중학교 2학년이라는 것도 알아차리지 못했다. 로봇과 함께 도착한 포털은, 건물의 한가운데 아주 큰 방에 있었다. 커다란 문이 있고 문 안에 밝은 빛이 일렁이고 있는 것이 꼭 게임에서 보던 공간 이동 장치와 비슷했다. 그곳을 통과하면 우주철이 멈추는 정류장에 도착할 거라고 로봇이 설명했다. 그러면 우주철에 올라탈 수도 있을 것이다.

내가 도착했을 때 많은 외계인이 포털 앞에 줄을 서 있고, 커다란 문으로는 코끼리가 막 지나가고 있었다. 지금도 그게 코끼리였는지 아니면 코끼리처럼 생긴 외계인이었는지는 모른다. 다른 외계인과 사람들이 기다리고 있었지만 나와 로봇은 맨 앞으로 새치기해서 말했다.

"우리는 수험생인데, 급하게 갈 곳이 있거든요. 답안을 쓰려면 얼른 가야 해요. 그런데 우주철을 놓쳤어요. 포털을 타고 가야 해요."

"그래요? 알았습니다. 손님이 많이 기다리시고 있지만, 수험생부터 먼저 해드리죠."

포털 관리자는 외계인이었는데, 우주철에서 본 새와 물고기를 합친 것 같은 그 외계인이었다. 관리자는 다른 외계인을 제쳐 두고 나와 로봇을 위해 포털에 연결된 커다란 컴퓨터의 버튼을 눌러 조종하기 시작했고, 로봇도 같이 버튼을 눌러 우리가 이동할 위치를 지정했다. 그동안 관리자가 이것저것 물었다.

"어느 대학에 지원했어요?"

"로봇…… 우주철…… 대학이요."

"그런 대학이 어디 있어요?"

관리자가 의심하기 시작해서 나는 겁을 먹었다가, 용케 대답을 생각해 냈다.

"믿기 싫으면 믿지 말아요."

"어쨌거나 안 믿습니다……. 자, 준비 끝났습니다."

로봇이 위치 지정을 끝냈고, 관리자가 마지막으로 크고 빨간 버튼을 누르자 문의 빛이 밝아졌다.

"마지막으로 수험표 보여 주세요."

"수험표요?"

"수험표요. 신분 확인을 위해서 필요합니다. 수험생이라면 있을 거 아녜요. 수험표 안 가지고 왔어요? 그러면 수험 번호라도 말해요. 컴퓨터로 확인할 테니까."

"그게……."

"번호 잊어버렸어요? 이름을 말해 봐요. 수험생 데이터 중에 찾아서 번호를 알아볼 테니."

"내 이름은 선동인데요."

하지만 내 번호는 없을 것이다. 수험생이 아니니까. 관리자도 컴퓨터를 지켜보면서 이상하다고 반복해서 말했다.

"그런 수험생은 없는데……."

이제는 어쩔 수가 없었다. 나는 포털과 관리자를 번갈아 바라보다가, 로봇에게 외쳤다.

"뛰어!"

나는 달려서 포털 안으로 들어갔고, 로봇도 뒤를 따라왔다.

로봇이 말했다.

"앞으로는 절대로 그러지 말아요. 쿼크 단위로 분해될 수도 있어요. 우주 공간 한가운데에 떨어질 수도 있고요. 운 좋은 줄 알아요. 우주복을 입고 있어서 다행이지 안 그랬으면 피부가 다 탔을 거예요."

다행히 로봇이 말한 위험한 일은 일어나지 않고 나도 로봇도 정류장에 무사히 도착했다. 우주복을 입고 있었지만 헬멧은 쓰고 있지 않았기 때문에 얼굴이 약간 타서 피부가 따끔거렸다. 그리고 앞으로 내가 포털에 대책 없이 뛰어드는 일이 없기를 바랄 뿐이었다. 우리가 도착한 정류장에는 아무도 없었다. 로봇 말로는 우주 구석에 있는, 사람이 드물게 다니는 오래된 정류장이라고 했다. 도마뱀이 멀리 도망치기 위해 고른 외진 곳 같다고, 이곳을 지나서 더 괴상한 곳으로 우주철을 가지고 갈 것이라고 말했다.

"'법이 없는 도시'로 가려는 것 같아요. 거기에 해적들이 살거든요. 거기서 우주철을 해적에게 팔아 버릴 거예요. 그전에 영만을 구해야죠."

곧 우주철이 정류장에 도착했다. 우주철은 정류장에 멈췄지만 문이 열리지는 않았는데, 로봇이 몸을 문에 대자 그 문만 열렸다.

"도마뱀 남자에게 들키기 전에 빨리 움직여요. 다음 칸으로 가면 직원을 위한 물품 보관소가 있어요. 거기 무기가 될 만한 게 있을 거예요."

마취총을 든 도마뱀을 이기려면 우리에게도 무기가 있어야 한다. 로봇 말로는 직원들이 비상시에 쓸 무기를 보관하는 창고가 우주철 안에 있다고 했다. 진작 무기를 평소에도 휴대하게 달라고 인공지능에 여러 번 요청했는데 인공지능이 안 된다고 거절해서 화난다는 말도 했다.

"내가 무기를 남용할 거라고 안 줬어요. 성질을 못 죽이고 아무한테나 마취총을 쏠 거라나. 내 성질이 뭐 어떻다고."

로봇은 그렇게 말했지만, 듣고 있는 나는 인공지능의 판단이 충분히 이해가 갔다. 물론 그런 말을 하진 않았다.

다음 칸으로 걸어가는데 갑자기 벽에서 유령이 튀어나와 말을 걸었다.

"여기서 뭐 하니? 우주철에는 도마뱀만 남고 아무도 없어. 너희들 도마뱀에게 붙잡히면 어쩌려고 그래? 빨리 도망가."

"그러는 당신은 도망 안 가고 뭐해요?"

짜증을 내며 되묻는 로봇에게, 유령은 객차 안을 이리저리 날아다니며 대답했다.

"나는 홀로그램이야. 본체가 우주철 안에 있는데 홀로그램이 어떻게 내려?"

우리는 영만을 구하러 다시 탔다고, 혹시 보지 못했냐고 유령에게 물었다.

"영만? 걔는 도마뱀이 묶어 놨어. 아직 마취에서 안 깨어났어. 그 아이를 구하러 다시 탄 거야? 도마뱀은 어떻게 이기려고?"

"우주철에 있는 무기를 써서 공격해야죠."

로봇이 대답하자 유령은 웃었다.

"무기는 당연히 도마뱀이 다 챙겨 갔어. 몰랐어? 우주철을 해킹한 다음 안을 돌아다니면서 중요한 부품하고 무기는 모두 가져갔잖아."

"그걸 알고 있었으면 진작 말했어야죠."

로봇이 화를 내자 유령은 아는 줄 알았다며 웅얼거렸다. 무기가 없다면 영만을 어떻게 구하지? 우주철에 타기 전에 무기를 구해야 했을까?

"어차피 무기를 가진 채로는 포털을 통과 못해요. 우주철 안에서 무기를 구해야 해요."

로봇이 대답하자 유령이 말했다.

"무기가 왜 필요해? 내가 있잖아. 내가 다 물리칠 테니까 걱정하지 마."

"홀로그램이 뭘 하겠다고."

로봇이 퉁명스럽게 말했다. 우리는 일단 도마뱀이 있는 곳으로 가서 영만을 구출할 방법을 생각해 보자고 결론 내렸다. 도중에 부품 창고를 지나갔는데, 그곳에는 나무 외계인이 아직 남아 있었다. 로봇이 나무 외계인의 주변을 빙빙 돌면서 호들갑을 떨었다.

"왜 다른 승객을 안 따라가고 여기에 있어요? 아하, 걸음이 느려서 못 갔겠구나. 아니면 인공지능이 화학물질로 소식을 알려 주지 않았어요? 우주철이 납치된 건 알아요?"

로봇은 공중으로 몸을 붕 떠올리더니, 나무에 몸통을 대고 한동안 가만히 있었다. 화학물질로 대화하는 거라고 로봇은 설명했다. 그동안 나무 외계인은 가지와 나뭇잎을 조금씩 움직였다. 이윽고 로봇은 말했다.

"우리를 도와 주겠대요."

나무 외계인이 뿌리를 부품 사이에서 빼내 천천히 걸어 우리를 따라오기 시작했다. 유령은 더 신이 나서 말했다.

"나도 있고 나무 외계인이 있으니까 도마뱀쯤은 쉽게 이길 수 있을 거라고."

정말 유령이 왜 그렇게 자신감이 넘치는지 모를 일이었다. 나는 유령에게 물었다.

"하지만 어떻게요? 다 같이 덤비면 마취총을 든 도마뱀도 이길 수 있어요?"

유령이 말했다.

"방금 좋은 계획이 떠올랐어. 어때, 시도해 볼래?"

경찰로 변장한 유령은 도마뱀 남자가 있는 칸으로 들어갔고, 우리는 칸 너머에서 유리창으로 지켜보았다. 마취총을 흔들며 서성이던 도마뱀 남자는 유령을 보더니 버럭 화를 냈다.

"넌 또 뭐야?"

한쪽 구석에 영만이 묶여 있었는데, 눈을 감고 움직이지 않는 걸로 봐서 기절해 있거나 잠들어 있는 것 같았다.

유령은 대답했다.

"경찰입니다. 요청에 협조해 주세요. 나무 외계인이 지나가야 하니까 문을 개방하고 옆으로 비키세요. 나무 외계인은 덩치가 크니까 승객 여러분이 협조해 주셔야 지나갈 수 있습니다."

"이놈의 유령이 미쳤나?"

"유령이라뇨, 저는 경찰입니다."

"멍청한 홀로그램 같으니, 몸이 투명하게 비치잖아!"

도마뱀 남자가 꽥 소리쳤는데 꼭 공룡이 울부짖는 것과 비슷해서 나는 몸이 떨렸다. 도마뱀은 유령에게 마취총을 쐈고, 광선은 경찰로 변장한 유령의 몸을 통과해 지나갔다.

"뭐, 맞아요. 나는 경찰이 아니라 유령이에요. 하지만 나무 외계인이 지나가는 건 사실이라고요."

그리고 나무 외계인이 객차로 들어갔다. 나와 로봇은 나무 외계인의 뿌리 사이에 몸을 숨기고 있었다. 로봇이 조용히 중얼거렸다.

"이런 멍청한 아이디어를 믿은 내가 바보지."

하지만 다른 방법이 없었다. 나도 로봇도 더 좋은 방법은 생각해내지 못했으니까. 나무 외계인이 다가가자 도마뱀은 총을 쏴서 다 태워 버리겠다고 으르렁거렸다. 하지만 유령이 나무 외계인과는 대화하기 힘드니 그냥 지나가게 놔두라고 설득했고, 결국 도마뱀도 마음을 바꿨다. 영만이 묶여 있는 곳에 도착했을 때 나무 외계인은 걸음을 늦췄다. 얼른 나무 외계인의 뿌리 사이에서 나와 영만을 묶은 끈을 조심조심 푼 다음 영만을 데리고 다시 뿌리 안에 숨었다. 그대로 나무 외계인을 따라 움직였고 무사히 들키지 않게 다음 칸으로 이동했다.

문이 닫히자 도마뱀 남자가 중얼거리는 소리가 들렸다.

"이놈의 꼬맹이 때문에 골치 아프군."

문의 유리창으로 살펴보니, 도마뱀 남자는 여전히 잠들어 있는 영만을 내려다보며 말하고 있었다. 도마뱀 남자는 아직 눈치채지 못한 것 같았다. 유령이 여러 모습, 심지어는 비치지 않는 모습으로도 변신할 수 있다는 걸 말이다. 지금 잠든 척하는 건 영만으로 변신한 홀로그램 유령이었다.

다음 객차로 데려온 진짜 영만은 계속 흔들어도 잠에서 깨지 않아, 로봇이 가지고 있던 약을 주사했다. 그리고 동시에 계속 우주철 인공지능에 접속해 해킹을 시도했다. 영만을 빼냈으니, 우리가 타고 있는 칸을 우주철에서 분리하면 도마뱀 남자에게서 도망칠 수 있는 것이다. 그것이 유령의 계획이었다. 나무 외계인은 우리 옆에서 나뭇가지를 조금씩 흔들며 서 있었다.

"해킹이 쉽지 않네……"

로봇이 말해서, 나는 조바심이 났다. 언제 도마뱀 남자가 영만이 사실은 홀로그램이라는 걸 눈치챌지 모를 일이었다.

로봇이 말했다.

"도마뱀 솜씨가 대단하네. 인공지능이 내 말을 듣지 않도록 복잡하게 장치를 해놨어요. 하지만 도마뱀보다 내가 인공지능에 대해 더 많이 알고 있으니 이렇게 하면……"

로봇이 거기까지 말했을 때 갑자기 우주철 전체에 사이렌이 울렸다.

"뭐야? 누가 해킹하고 있지?"

옆 칸에서 도마뱀이 외치는 소리가 들렸다. 로봇은 말했다.

"들켰어요. 하지만 내가 미리 속임수를 써놨어요. 외부에서 경찰이 인공지능에 접속하는 줄 알고 있지, 바로 옆 칸에서 하는 줄은 모를 거예요. 들키기 전에 다음 칸으로 도망가요."

"아우, 머리 아파."

사이렌 소리를 듣더니 영만이 깨어났다. 그리고 나와 나무 외계인과 로봇을 돌아보더니 깜짝 놀랐다.

"여긴 어디야?"

나는 서둘러서 상황을 설명했는데, 영만은 바로 내 말을 이해하더니 말했다.

"그럼 빨리 다음 칸으로 가자. 그리고 문을 걸어 놓으면 잠시라
도 시간을 벌 수 있을 거야."

제발 그렇게 됐으면 하는 마음뿐이었다. 우리는 앞 칸으로 이동
했고 나무 외계인마저 통과한 다음에는 문을 잠갔다. 영만이 로봇
에게 물었다.

"얼마나 더 버틸 수 있어?"

"조금만 기다리면 해킹이 끝나요."

로봇은 말했다. 그때 유령이 벽에서 튀어나와 우리에게 말했다.

"들켰어."

문의 유리창으로 살펴보니 도마뱀 남자가 소리를 지르며 우리에
게 달려오고 있었다. 그가 마취총을 쏘자 광선이 날아와 문에 맞
았고, 문이 흔들렸다. 하지만 쉽게 열리지 않았다. 우리는 다시 다
음 칸으로 도망갔다. 나무 외계인의 걸음이 느렸기 때문에 문을
열어놓고 기다리는데, 도마뱀 남자가 객차로 들어왔다. 소리 지르
며 달려오는 도마뱀을 나무 외계인이 붙잡았다. 나도 도마뱀을 막
을 생각으로 들고 있던 파이프를 도마뱀에게 던졌다. 그런데 그가
입으로 파이프를 받더니 이빨로 깨물어 조각을 내고는 바닥에 뱉
어 버렸다. 그때 나는 정말 겁에 질렸다.

우리는 나무 외계인을 뒤에 남겨두고 다음 칸으로 도망쳐 문을
닫았다. 하지만 도마뱀이 곧 뿌리를 하나하나 떼어 내고 따라왔

다. 이래서야 곧 도마뱀이 우리를 따라잡을 것이었다.

"이래서야 다시 잡히고 말 거야. 해킹은 아직 멀었어? 아니면 다른 방법 없어?"

영만이 물었으나 로봇은 해킹이 어렵다는 대답만 반복했다. 우리는 계속해서 서둘러 다음 칸으로 이동하고 문을 닫았지만, 도마뱀 남자는 그때마다 더 빨리 문을 열었다. 마침내 우리를 따라잡은 그는 총을 들고 우리를 노려보았다. 천천히 우리에게 다가오는 도마뱀의 눈동자가 노란색에서 붉은색으로 변했다.

"해적에게 팔아 버리려고 했더니 그냥 죽여야겠군."

그가 말할 때 둘로 갈라진 혀가 보였다……. 처음 우주철에 탔을 때 본 그 혀였다.

그때 나는 우리가 있는 칸이 낯익다는 걸 알았다.

"여기 우리가 처음 탔던 그 칸 맞지?"

내가 말하자 영만이 되물었다.

"그걸 왜 물어봐?"

갑자기 생각난 아이디어였다. 몸을 돌려 뒤로 달려가서 서둘러 문을 열었다. 너머에는 어둠이 있었고, 그 안에서 거대한 뭔가가 움직였다. 나는 어둠을 향해 외쳤다.

"복실아!"

쿵쿵, 발소리가 다가오더니 어둠 속에서 티라노사우루스가 나타났다. 침을 흘리는 입과 날카로운 이빨과 두툴두툴한 피부와 거대한 다리가 차례대로 나타났다. 문을 부수듯이 뛰쳐나와서 길게 고함을 지른 다음, 나를 보더니 침을 흘렸다. 그때 도마뱀 남자가 총을 쏘지 않았으면 아마 나를 잡아먹었을 것이다.

"멍청한 놈!"

마취총 광선이 티라노사우루스에게 맞았고, 복실이는 총을 맞고 움찔했지만 기절하지는 않았다. 유령이 다가와 커다란 담요로 변하더니 우리를 감쌌다. 보호색의 담요가 되어 우리를 감싼 것이다. 이제 티라노사우루스는 도마뱀에게 다가가기 시작했다. 도마뱀 남자가 광선총을 아무리 쏴도 복실이의 두꺼운 피부에는 큰 타격을 주지 못했다. 달아나려고 했지만 이미 복실이가 너무 가까이 다가와 있었다.

"너무 잔인해서 못 보겠어."

로봇이 말했다. 다음 순간 복실이가 도마뱀 남자를 한입에 삼켜 버렸다.

우주철 인공지능이 정상으로 돌아온 다음부터는 일이 쉽게 풀렸다. 우주철을 정지한 다음 가장 가까운 정류장으로 가고, 우주 공간을 떠돌고 있던 분리된 객차 역시 정류장으로 불러서 안의 승객을 무사히 구출하고, 경찰을 불러서 복실이를 정류장으로 끌어내는 일을 우주철 인공지능이 재빨리 처리했다. 그리고 인공지능은 식당 칸을 분리한 다음 지구로 보내 주었다. 원래 이렇게 간

단해야 했지만, 도마뱀 남자에게 우주철이 납치되는 바람에 일이 복잡해진 것이다.

지구로 향하는 우주철 안에서 나와 영만은 보라색 주스를 마시며 뉴스를 지켜보았다. 로봇이 몸통 위에 텔레비전처럼 영상을 띄워서 뉴스를 보여 주었는데, 뉴스 화면 속의 벌 외계인 아나운서는 공룡에게 잡아먹힌 도마뱀 남자에 대한 소식을 전했다. 로봇 경찰이 정류장을 오가며 행인을 통제하는 동안, 기운이 없어 보이는 복실이가 줄에 묶여 바닥에 누워 있었다. 술 취한 아저씨가 옆에서 복실이를 쓰다듬으며 달래고 있었다. 바로 옆에 서 있는 벌 외계인 아나운서가 상황을 설명했다.

"지금 이곳에서는 우주철 강도인 도마뱀 남자를 티라노사우루스의 위장에서 구해 내는 작업을 하고 있습니다. 방금 수의사가 공룡에게 설사약을 먹였는데요, 과연 경찰은 도마뱀 남자를 생포할 수 있을까요? 티라노사우루스의 보호자 님께서는 어떻게 생각하십니까?"

"복실이가 먹이를 씹지 않고 삼켰고 도마뱀은 쉽게 소화되지 않으니 살아 있을 겁니다. 설사약 효과가 작용하면 바로 나올 겁니다."

아나운서의 질문에 대답하는 아저씨는 무슨 이유에서인지 무척 기뻐 보였다. 벌 외계인은 말했다.

"경찰은 도마뱀 남자가 공룡에서 나오는 즉시 체포해 절대로 빠져나올 수 없는 블랙홀 감옥에 가둘 예정입니다. 이번에 탈옥과 우주철 강도죄가 다시 추가되어 형량이 크게 늘 것으로 보입니다. 잠시 후 도마뱀 남자가 공룡의 항문에서 나오는 과정을 생중계하겠습니다."

재미있는 소식이긴 했지만, 생중계는 별로 보고 싶지 않아서 로봇에게 뉴스를 꺼달라고 부탁했다. 로봇은 말했다.

"다음 역은 지구예요."

나는 입고 있던 우주복을 벗어서 우주철에 돌려 놓고, 가방에 넣어 둔 내 옷으로 갈아입었다. 그동안 창밖의 어둠 속에서 별빛이 사라지고 형광등 조명이 나타났다. 우주의 어둠에서 지하철 터널의 어둠으로 변한 것이다. 정거장에 도착하면 곧 집에 갈 수 있을 것이다. 영만과 로봇은 나를 배웅하려고 옆에서 기다렸다.

영만에게 도서관 도시로 갈 거냐고 묻자 아니라고 대답했다.

"갈 필요 없을 것 같아. 어떤 답안을 쓸지 아이디어를 얻었어. 아이디어에 살을 붙여야지."

그리고 손목에서 시계를 풀어서 나에게 건넸다.

"이걸로 서로 연락하자. 시계로 너에게 전화를 할게. 다시 만나서 같이 놀면 재밌을 거야. 같이 우주철을 타고 여기저기 놀러 가자. 로봇 너도 같이 갈래?"

"그거 좋죠."

로봇은 말했다. 영만이 시계 작동 방법을 설명해 주는 동안 우주철이 멈추고 지구의 지하철역에 도착했다. 나는 우주철에서 내려 영만과 로봇에게 손을 흔들어 인사했다. 간단하게 인사할 시간밖에 없었다. 많은 일을 겪었는데, 이별은 짧았다. 문이 바로 닫히고 우주철은 정류장을 떠났다.

우주철이 어떻게 우주로 가는지도 보고 싶었는데 그냥 지하철처럼 터널 너머 어둠으로 들어가 사라졌다. 그다음 공간을 이동해서 우주로 갔을 것이다. 괜히 아쉬운 마음에 역 안을 서성이다가, 결국 밖으로 나왔다.

역 밖에는 늘 보던 동네가 있었다. 방금까지 우주복을 입고 우주를 구경하고 로봇과 말하고 외계인과 싸웠던 일이 믿어지지 않았다. 그냥 꿈을 꾼 것이 아닐까도 싶었다. 하지만 손목에 영만의 선물인 시계가 있으니 분명 실제로 일어난 일이었다.

문득 하늘을 올려다보니 밤하늘에 별이 있었다. 이전에도 별이 아름답다는 생각을 하긴 했지만, 오늘따라 유난히 특별한 감정이 솟았다. 그곳에는 우주철도, 로봇도, 외계인도, 거짓말을 하는 도시도, 영만도 있는 것이다. 그것들이 존재하는 우주가 아름답다고 생각했다.

아마 영만도 나와 같은 이유로 우주가 아름답다고 답안을 쓰지 않았을까, 나는 생각하며 집으로 돌아왔다.

항상성

듀나

듀나

소설뿐 아니라 여러 분야에서 활발히 활동 중인 SF 작가로, 1996년부터 온라인 활동을 하면서 영화와 SF 관련 글을 써 왔다. 소설집 《나비 전쟁》《면세 구역》《태평양 횡단 특급》《대리전》《아직은 신이 아니야》《두 번째 유모》, 장편 소설 《민트의 세계》《아르카디아에도 나는 있었다》 등을 펴냈다.

1.

시나는 살짝 눈을 들어 같은 방에 있는 아이들을 훔쳐보았다. 시나를 포함해 모두 일곱 명이었다. 가장 어려 보이는 여자아이는 얼굴만 보면 아직 초등학생처럼 보였지만 스터전 국제학교 교복을 입고 있었다. 가장 나이가 많은 건 이름이 기억날 것도 같은 제법 유명한 환각 게임 선수였고 열일곱 살이었다. 지루해하는 표정을 보아하니 유명세 때문에 억지로 끌려온 게 분명했다.

문이 열렸다. 조금 지쳐 보이는 서른 살 정도의 여자가 고개를 내밀었다. 이 건물에서 처음 보는 어른이었다.

"서시나 학생?"

시나는 폰을 접어 앞주머니에 넣고 비서관을 따라 들어갔다. 대기실과 사무실은 20미터 정도 되는 복도로 연결되어 있었다. 복도 벽은 애니메이션 벽화로 번쩍였는데, 절반 정도는 최신 환각 게임 캐릭터였다.

비서관은 사무실 문을 열고 눈짓을 했다. 시나가 안으로 들어가자 뒤에서 덜컹하며 문이 닫혔다. 잠시 당황한 시나의 시선은 방 여기저기를 방황하다가 책상 뒤에 앉아 있는 사무실 주인의 얼굴에서 멎었다.

채잎새는 정치가의 얼굴을 하고 있었다. 예뻤지만 연예인처럼 화려하지는 않았다. 친근한 미소를 짓고 있었지만, 결코 만만해 보이지도 않았다. 다른 정치가들과 차이점이 있다면 겉보기 나이였다. 채잎새는 열여섯 살처럼 보였다. 지난 21년 동안 그랬다.

"어서 와요, 서시나 학생."

채잎새는 따뜻하게 웃으며 일어났다. 시나는 어색하게 고개를 까딱하고 의원이 가리키는 소파에 앉았다. 맞은편 소파에 앉은 의원은 들고 있던 태블릿을 슬쩍 내려보았다. 별 의미 없는 제스처였다. 필요한 정보는 모두 이미 숫자 하나까지 암기하고 있을 테니. 하지만 사람을 상대하려면 어느 정도 불완전한 티를 내는 게 유리할 때가 있다. 상대방이 그게 연기라는 걸 알고 있다고 해도.

"경력이 화려하네요? 작년엔 전남청소년정부 임원이었고, 3개월 전까지 광주퀴어청소년연대 회장이었고. 언제 개성으로 올라왔지요?"

"한 달 되었습니다, 의원님."

"계속 머물 생각인가요?"

"오늘 결과가 어떻게 나오느냐에 달렸지요."

"앞으로도 계속 이 길을 갈 생각인가요?"

"잘 모르겠습니다. 전 지금 제가 중요하다고 생각하고 잘할 수 있는 일을 하고 있습니다. 이 둘이 언제 바뀔지는 저도 몰라요."

"아버지들 의견은 어떠시고요?"

"안 물어봤습니다. 영감님들도 다 생각이 있겠지요. 저도 〈바람과 모래의 노래〉는 5부로 끝냈어야 한다고 생각하지만, 앞에서 뭐라고 한 적은 없어요."

"우리 사무실 사람들은 다 그 시리즈를 좋아하던데?"

"12부라니, 인간적으로 너무 길지 않습니까."

"좋아하는 이야기가 끝나길 바라지 않는 사람들도 있지요."

"전 이야기에서 결말처럼 중요한 건 없다고 생각합니다."

둘은 그 뒤에도 여러 이야기를 했다. 대부분 이야기하는 쪽은 시나였고 채잎새는 가끔 질문을 던질 때를 제외하면 가끔 맞장구를 치면서 들었다. 이야기는 청소년정부, 실패로 끝난 제4차 기후조절계획, 화성 이민 정책, 반AI운동으로 이어지다가 결국 강동호 의원 사건에 닿았다.

"거기에 대해서는 전 모르겠어요. 정보가 부족하니까요."

시나는 말을 흐렸다.

"그래도 이 주제에 대한 의견은 있겠지요?"

"음, AI에 의한 성폭행 사건은 이전에도 있었습니다. AI는 인간의 그늘에서 벗어날 수 없으니까요. 그래도 인간보다 훨씬 효과적으로 관리가 가능하기 때문에 지금의 시스템이 존재하지요. 강동호 의원에게 어떤 일이 일어났는지 모르겠지만 결국 인본당의 관리 문제가 아닐까요? 전 왜 AI에게 성욕을 넣어 주었는지도 모르겠습니다. 성적 지향성도 과한 것 같아요."

"그 사람들에겐 강동호 의원이 이성애자 남자를 대표한다는 게 중요했겠지요."

"하지만 피해자는 열네 살 남자아이였지요? 그 자체는 이상할 게 없습니다. 남성 대상 성범죄 가해자 중 상당수는 이성애자 남자들이었으니까요. 하여간 책임은 인본당과 팀이 져야겠지요. 그 사람들은 이를 역이용해서 반AI 분위기를 조성하려고 하는 모양인데, 전 그냥 어이가 없습니다. 다 자기들 잘못이잖아요. 그런데도 이 주장이 먹히는 사람들이 있는 모양이에요?"

"제가 앞으로 무슨 일을 저질러도 그건 오로지 인간 팀의 책임이라는 뜻인가요?"

시나는 말문이 막혔다. 이런 식으로 이야기가 흘러갈 거라고는 예상을 못했다. 완벽한 정치가 미소를 짓고 있는 채잎새의 얼굴은 어떤 답도 주지 않았다.

"······ 제대로 운영된다면 의원님의 책임과 팀의 책임은 분리될 수 없지 않을까요? 앞에서 말씀드렸지만 전 그 팀이 어떻게 운영되었는지 모릅니다."

채잎새는 고개를 끄덕였다.

"이것으로 충분한 것 같군요. 수고하셨습니다. 결과는 최대한 빨리 알려드릴게요."

시나는 다소 어리둥절한 상태로 사무실을 나섰다. 잘한 건가? 그런 거 같았다. AI와 팀의 책임에 대한 의견을 그렇게 강하게 밀고 간 게 좀 걸렸다. 하지만 그 정도면 나쁘지 않았어. 암만 생각해도 더 좋은 답이 떠오르지 않았다.

해운타워에서 나온 시나는 무지개 가로수길을 따라 걸으며 강동호 사건과 관련된 최신 뉴스를 확인했다. 어제와 특별히 다를 건 없었다. 강동호는 팀과 분리된 자유의지를 주장했고 자신의 범죄를 자랑스러워했다. 인간을 향한 증오심을 노골적으로 표출했고 막판엔 동지들의 이름을 하나씩 불렀다. 폭력 범죄로 체포되어 삭제된 AI 개체들의 이름이었다.

옛날 흑백필름 영화에서나 나올 법한 광경이었다. 너무 진부해서 오히려 신선했다. 혹시 의도인 걸까?

시나는 AI 정치를 끝장내고 인간, 그러니까 이성애자 남자 중심 정치를 되살리기 위해 최대한 이성애자 남자에 가깝게 만들어져 정치판에 투입된 AI가 극단적인 인간혐오주의자가 되어 열네 살 남자아이를 감금하고 성폭행하게 된 과정을 재구성해 보려고 시도했다. 끝없이 이어지는 자기모순의 사슬 속에서 강동호가 지금까지 그럭저럭 잘 작동했다는 게 오히려 신기해 보였다. 하지만 이 역시 의도적이지 않을까? 인본당은 상식이 통하지 않는 무리였고 뭐든지 할 수 있었다.

문자 메시지가 떴다. 조 영감이었다.

— 인터뷰는 잘 봤니?

— 모르겠어.

— 채잎새 예쁘지?

— 아니, 그 이야기가 왜 갑자기 나와?

— 예쁘잖아. 아림이 고모 작품이야. 껍질만 만든 게 아니야. 동작, 말투, 습관 같은 것도 다 디자인했지.

그건 몰랐다. 지금까지 시나가 생각해왔던 건 채잎새의 정치 경력과 능력, 입장이었지, 하드웨어와 소프트웨어를 누가 만들었느냐는 아니었다. 일루저니스트 그룹에서 채잎새를 만들었구나. 환각 게임 캐릭터를 만드는 것과 하나 다를 게 없는 작업이었겠구나. 하긴 다른 어디에서 나왔겠는가.

호기심이 당긴 시나는 아카이브로 들어가 20년 전 모습을 뒤져보았다. 지금까지 텍스트로만 접했던 정보들이 동영상을 입고 튀어나왔다. 20년 전의 채잎새는 친숙하면서도 낯설었다. 외모는 크게 달라진 게 없었다. 하지만 말투나 표정은 완전히 달랐다. 훨씬 열여섯 살 같았고 화사했다. 너무 반짝거려 오히려 모든 말과 제스처가 드라마 연기 같았다. 20년의 세월이 흐르는 동안 조금씩 자기만의 스타일과 개성을 찾아온 것이다.

벨이 울렸다. 채잎새의 번호였다. 잠시 망설이던 시나는 폰을 열었다. 두 문장의 문자가 떠올랐다.

— 채잎새 의원 팀의 일원이 되신 걸 환영합니다. 14일 오전 10시까지 사무실로 나와주세요.

2.

"여러분은 이제 채잎새입니다."

이인영 비서관이 말했다.

"정확히 말하면 각각 채잎새의 24분의 1이죠. 열두 명이 두 명씩 팀을 이뤄 채잎새 의원의 정체성 절반을 책임집니다. 나머지 반은 채 의원이 관리합니다. 여러분은 두 가지 방법으로 채 의원에게 영향을 줄 수 있습니다. 하나는 일반 회의를 통해서이고 다른 하나는 정신 연결입니다. 정신 연결은 일방적입니다. 여러분은 채 의원에게 영향을 끼칠 수 있지만 채 의원으로부터 어떤 정보도 받지 않습니다. 정신 오염을 방지하기 위해서입니다. 여러분과 같은 팀 여섯이 한반도 천이백만 청소년을 대표합니다. 질문 있습니까?"

"프라이버시 문제는 어떻게 해결하나요?"

시나와 함께 뽑힌 스터전 교복을 입은 아이가 말했다.

"모든 정신 정보는 클라인 필터를 통합니다. 필터의 등급은 직접 조절할 수 있습니다."

"그렇다면 그건 검열되고 조작된 정보잖아요."

"아까는 프라이버시를 걱정하지 않으셨나요? 그리고 과연 채 의원에게 정련되지 않은 여러분의 진짜 생각이 필요할까요? 우리 문명을 이루는 건 바로 그 적당히 검열되고 조작된 정보가 아닐까요?"

말을 마친 비서관은 두 아이와 간단한 허공 악수를 나누고 회의실을 떠났다.

"소하영이야. 넌 미리내지?"

잠시 자기 발끝을 내려다보고 있던 스터전 학교 학생이 갑자기 고개를 들고 말했다.

"난 서시나야. 미리내는 우리 아빠들이 만든 캐릭터 이름이고."

"그래도 그건 네 이야기잖아? 그러니까……"

"비슷하긴 하지. 하지만 난 비행기만 한 나방을 타고 두 대륙 사이의 전쟁을 막으려 태풍 속으로 뛰어들거나 한 적은 없어. 〈바람과 모래의 노래〉로 나를 알았다고 생각한다면 착각이야. 난 그냥 운 나쁜 상황에서 엄마를 잃은 평범한 애야. 그리고 제발 환각 게임에서 미리내를 플레이했다고 말하지 말아 줘."

"없지만 그래도 상관없잖아? 넌 미리내가 아니라며."

"솔직히 나도 이젠 잘 모르겠어."

웅성거리는 소리와 함께 여섯 팀의 팀원들이 회의실로 들어와 원탁 앞의 빈자리에 하나씩 자리를 잡고 앉았다. 원탁 중심의 모니터에서는 회의실에 없는 두 명의 얼굴이 떴다. 열두 명 중 열 명이 모였다.

첫 회의는 두 명의 신입을 위한 오리엔테이션에 가까웠다. 모두가 시나와 하영에게 새 정보를 전달하느라 열심이었다. 이인영 비서관이 준 정신 연결기 사용법을 알려 주었으며 직접 쓰고 서로의 정신과 연결도 해보았다. 그와 함께 모니터에서는 회의 주제와 관련된 텍스트 정보가 분주하게 올라왔고 그와 관련된 토론들이 거의 동시에 진행되었다.

대충 새로운 팀의 흐름에 적응이 되었다는 생각이 들자 벌써 밤 8시였다. 회의실의 아이들은 근처 말레이시아 식당으로 우르르 몰려갔고 거기서도 계속 수다가 이어졌다. 시나는 숨이 막혔다.

"원래 이렇게 끝도 없이 이어져?"

시나가 묻자, 홍정민이라는 남자애가 대답했다.

"늘 이렇지는 않아. 새 멤버들이 연결되어서 모두가 조금 흥분해 있어. 하지만 종종 이러니까 각오하는 게 좋아. 공식적으로 기록되는 회의도 중요하지. 하지만 회의 밖에서 진행되는 대화나 그에 대한 반응도 중요해. 그것들이 모여서 지금의 '청소년'을 형성하니까."

'청소년'이라는 말을 할 때 홍정민은 손가락으로 따옴표를 만들었다.

소하영이 그 틈을 노려 잽싸게 끼어들었다.

"그 청소년은 진짜가 아니잖아. 너희들이 만든 허구지."

"이런 질문을 하는 새 멤버가 꼭 한 명 이상은 있지. 하지만 진짜가 그렇게 좋니? 너도 네 진짜 모습을 다 보여 주고 싶지 않을 거고 다들 그럴 거야. 이런 게 가면이라고 생각할 수도 있어. 하지만 그건 피부처럼 자연스러운 우리의 일부야. 진짜 자신을 보여 준다는 건 내장을 드러내고 다니는 것과 마찬가지야. 그러니까 너도 슬슬 다른 사람들에게 보여 줄 수 있는 좋은 '너'를 만들어 두는 게 좋을 거야. 어차피 채잎새도 그 정도 차이는 알고 있어. 20년 넘게 '청소년'이었으니까. 그리고 우린 뻔한 동물이야. 얼마나 많은 사람이 이 시기를 거치며 데이터를 남겼을 거 같니? 설마 채잎새가 우리가 주는 정보만 갖고 세상을 보고 있을까?"

"어차피 우린 그 '허구'에 더 가까워지고 있긴 해."

시나가 말했다.

"20세기 기준으로 보면 우린 모두 정상이 아니잖아. 약물로 정신이 통제되고 있고 뇌에는 이식물이 붙어 있지. 우린 우리가 원하는 미래의 우리를 설계할 수 있어. 지금 우리의 고민은 20세기 청소년의 고민과 같을 수 없어."

"모두가 그런 건 아니야. 오로지 전세계의 운 좋은 30퍼센트만 그렇다고. 여기 있는 우리 모두가 그 운 좋은 부류이고. 그렇다면 우리가 어떻게 전체를 대표할 수 있을까?"

"그 30퍼센트는 곧 50퍼센트가 되고 곧 99퍼센트가 될 거야. 그리고 지금의 70퍼센트도 결코 20세기 같지 않아. 지금 어느 누구도 〈이유 없는 반항〉의 아이들처럼 행동하지 않잖아. 우린 모두 미래로 가고 있어. 여기 모인 사람들은 다른 사람들보다 조금 앞에 있을 뿐이야.

모든 것들이 변해. 난 얼마 전까지만 해도 광주퀴어청소년연대 회장이었어. 연대는 21세기 초만 해도 억압받는 소수가 스스로를 구하기 위해 만든 단체였어. 하지만 지금도 그럴까? 지금 한반도에서 자신을 퀴어로 정체화하는 사람들은 종교를 믿는 사람들의 두 배야. 기독교, 이슬람, 불교 기타 등등을 다 합쳐도 그렇다고. 당연히 연대의 고민과 활동은 달라지지. 순수한 청소년의 이데아를 설정해 놓고 거기에만 매달리는 건 21세기의 조건이 아직도 남아 있다고 생각하는 것과 다를 게 없어. 어차피 어느 누구도 〈이유 없는 반항〉을 경험해 본 적이 없어. 우린 걔들을 모른다고."

"지금 가장 순수하고 정직한 무리는 인본당이겠지. 그 결과는 뭐다? 강동호잖아."

홍정민이 말했다.

"강동호는 어쩌다가 그렇게 된 거래?"

시나가 물었다.

"그쪽에서도 잘 모르는 거 같아. 지금은 문제 있는 AI가 일으킨 사고라고 주장하는 게 공식적인 입장이지만 소문을 들어 보니 내부에서 문제가 있는 팀원을 색출한다고 혈안이 되어 있다는데? 인본당이 교묘한 계획을 숨기고 있다는 음모론도 도는데, 아닌 거 같아. 이번 일로 그쪽에서는 유일한 AI 의원을 잃었는데? 그리고 이 사건이 과연 AI 의회를 없애자는 주장에 도움이 될까? 설마. 인본당을 없애려는 음모라는 소문도 돌지만 그게 사실이라면 더 끔찍한 거지. 성폭행 피해자가 생겼는데. 그런 미친 짓을 누가 저질러?

내 생각엔 그냥 자업자득인 것 같아. 자기통제 없이 아무 말이나 마구 해대는 무리가 AI를 그렇게 대충 굴리니까 그 꼴이 나지. 그러니까 너무 솔직할 생각 따위는 하지 마. 다들 최대한 아름다운 채잎새를 만들자고."

3.

시나가 '최대한 아름다운 채잎새'를 만들기 위해 얼마나 노력했는지는 모르겠다. 팀에 있는 몇 달 동안 배운 것은 채잎새 전체보다는 팀이 만들어 내는 흐름 속에서 스스로를 지키는 게 더 중요하다는 것이었다. 열두 명 아이의 생각들을 조화롭게 모아 하나로 만드는 것은 채잎새 자신의 몫이었고 시나가 간섭할 일이 아니었다.

정신없이 바빴다. 우선 개성으로 이사해야 했다. 조박 영감들에게 입양된 지 6년 만에 독립하게 된 것이다. 제2차 고등교육 자격시험을 6개월 일찍 보았기 때문에 학교에서는 약간의 여유가 있었지만, 그 여유는 팀에 적응하느라 날아가 버렸다. 팀에 적응하는 순간 주변 모든 사람들이 시나를 채잎새의 24분의 1로 여겼고 일은 두 배가 되었다. 청소년정부와 연대 때 바쁜 것과는 비교가 안 되었다. 밤마다 기숙사로 기어들어가면 침대에 눕자마자 곯아떨어지기 일쑤였다.

정작 채잎새는 그렇게 자주 만나지 못했다. 금요일 오후 회의 때 한 시간 정도 얼굴을 보는 게 전부였다. 회의 때에도 채잎새는 주로 듣기만 했다. 예의 바르게 까딱거리는 얼굴만 봐서는 제대로 듣고 있는지도 알 수 없었다.

하지만 그동안 채잎새는 충실하게 시나를 흡수하고 있었다. 회의에서 얼굴을 직접 볼 때는 몰랐다. 하지만 뉴스에 나오는 채잎새는 은근슬쩍 시나의 말투와 사고방식을 흘리고 다녔다. 시나뿐만 아니라 소하영도 흡수하고 있었는데 둘은 전혀 입장이 달랐는데도 채잎새의 정신 안에서는 괴상할 정도로 완벽한 조화를 이루고 있었다. 보고 있으면 맥이 빠질 지경이었다. 우리 둘의 의견 대립이 이렇게 무의미했단 말이야?

궁금해진 시나는 이전 채잎새의 동영상들과 인터뷰를 뒤졌다. 20년 전 채잎새와 지금의 채잎새 사이에는 분명한 연속성이 있었다. 단지 그사이에서는 수많은 개별 개성이 반짝거리다 사라졌다. 몇몇 팀원들의 흔적은 등장과 퇴장 시기가 너무 뚜렷해서 이름을 확인할 수 있을 정도였다.

그중 한 명은 지금 평양대 심리물리학 교수인 오유라였다. 여기저기에 연재하는 칼럼 몇 편을 읽어 보았다. 분명 12년 전에 채잎새를 통해 잠시 나타났다 사라진 그 사람이었다. 도발적인 의견을 제시했다가 그것을 중간에 무심하게 깨트리고 더 도발적인 의견으로 대체하는 논리 전개 방식을 못 알아볼 수가 없었다. 단지 채잎새 속 오유라는 그래도 절제하는 편이었다. 소하영의 반동 기질이 전체 채잎새 속에서 쌉싸래한 양념 역할을 하는 것처럼.

궁금해진 시나는 오유라에게 메시지를 보냈다. 별 기대는 없었는데 뜻밖에도 그쪽에서 화상 통화를 요청해 왔다. 폰의 화면을 열자 칼럼만큼이나 심술궂어 보이는 얼굴이 떴다. 하지만 오늘은 기분이 좋았는지 그 위에 안 어울리는 미소가 깔려 있었다.

"채잎새 팀의 팀원이라고요? 할 만한가요?"

오유라가 말했다.

"네, 근데 바빠요."

"다 그렇죠. 1년 채우고 나올 때쯤이면 얻은 게 많을 거예요."

"교수님도 그러셨나요?"

"당연히 도움이 되었어요. 현실 정치에 영향을 끼친다는 책임감 속에서 스스로를 단련할 수 있었으니까요. 지금의 나를 만들었다고도 할 수 있어요. 좋은 사람은 아니지만 제법 쓸 만한 사람. 같이 일하는 팀원들은 괜찮은가요? 아니, 무슨 소리야. 채잎새가 뽑았으니 당연히 괜찮은 거 이상이겠지."

"떠난 뒤에 아쉽지 않으셨나요? 그러니까 채 의원님에게 투영되었던 교수님의 흔적이 갑자기 사라졌을 때요."

"아, 그거."

오유라는 얼굴을 살짝 찡그렸다.

"아쉽지 않았다면 거짓말이죠. 하지만 제가 떠난 뒤에도 채잎새가 '나'를 담고 있었다면 그것도 오싹했을 거예요. 나는 나고 채잎새는 채잎새니까. 그래도 칼로 자른 것처럼 나뉜 건 아니에요. 채잎새 안에 없었다면 지금의 내가 되지 못했을 거고, 채잎새는 결코 이전 팀원을 잊지 않아요. 현재 팀원들을 더 중요하게 생각할 뿐이지요. 가끔 채잎새가 무슨 생각을 하고 있는지 궁금하긴 한데, 그건 끝까지 알 수 없겠죠. AI들은 아무리 우리와 비슷하게 생각하는 것처럼 보여도 사고의 메커니즘이 인간과 전혀 다르니까. 그건 우리가 자동차의 경험을 알 수 없는 것과 마찬가지죠."

"그건 다른 인간도 마찬가지가 아닐까요. 교수님이 저와 같은 경험을 하고 있다는 것도 짐작에 불과하잖아요."

"거기서부터는 형이상학이고, 과학자인 저는 그냥 건너뛰고 싶군요. 그런데 〈바람과 모래의 노래〉는 12부로 끝나는 게 맞나요? 할 이야기가 한참 더 남은 거 같은데?"

"미리내 이야기는 12부로 끝난대요. 남은 이야기는 다른 작가들이 스핀오프에서 다루지 않을까요? 조박 영감님들은 12부를 끝으로 두 대륙에서 떠나신다네요."

"끝나면 서운하시겠어요. 미리내의 모델이시라면서요. 지금까지 두 대륙에서 또 다른 삶을 산 거잖아요."

"미리내는 미리내고 서시나는 서시나라고 말하고 싶은데, 사실은 잘 모르겠어요. 둘이 서로에게 영향을 안 준 건 아니거든요. 영감님들은 갑자기 딸이 생기니까 신나셨고 지난 6년 동안 둘이 본 저의 모든 것들을 〈바람과 모래의 노래〉에 쏟아부으셨어요. 그러다 보니 저도 알게 모르게 미리내의 영향을 받고. 끔찍하다고 생각하는 사람들도 있는데 그렇지는 않아요. 제 사생활이 직접 노출되거나 그런 건 아니니까요. 연대에서 일하고 채잎새 의원 팀이 된 것도 미리내 때문인지 모르지요. 더 미리내스러워지고 싶었달까? 아니면 경쟁하며 저의 가치를 인정받고 싶었는지도 몰라요. 존재하지 않는 두 대륙 사이의 전쟁을 막을 수는 없어도 제가 사는 진짜 세계를 움직일 수는 있을 테니까요. 미리내 이야기가 끝나면 우리 둘은 다시 하나로 합쳐지지 않을까요? 전 좀 기대가 돼요. 독립하는 거니까요."

"듣고 보니 제 팀 경험과 크게 다르지 않군요."

"12부는 제가 팀을 떠날 때에야 나올 텐데, 그럼 전 이중의 독립을 하게 되는 셈이겠지요."

통화가 끝나고 시나는 지금까지 나눈 대화를 채잎새에게 흘려 보낼지를 두고 잠시 고민했다. 결국 흘려 버렸다. 이전 팀원들과 이런 대화를 나눈 아이가 나뿐이었을까.

4.

조박 영감들이 개성에 왔다. 그건 호들갑을 떨며 달려온 노인네들과 한심한 포즈를 취하며 "서조박 크로스!"를 외쳐야 한다는 뜻이었다. 다행히도 훔쳐보는 주변 사람들에게 이들은 그냥 괴상하게만 보였다. 촌스러워 보이기엔 너무 확실하게 잊힌 옛날 유행이었다.

노인네들은 〈바람과 모래의 노래〉 작업이 끝난 걸 축하하기 위해 온 것이었다. 이제 남은 작업은 모두 회사 몫이었다.

"채잎새가 8·24 기념일 연설하는 거 봤다."

조 영감이 말했다.

"'이것이 여러분이 꿈꾸었던 미래입니까? 우리는 지금 여러분이 꿈꾸는 미래로 가고 있습니까?' 들으면서 깜짝 놀랐어. 이건 완전 미리내잖아."

"나는 미리내가 아니야. 채 의원도 내가 아니고."

"그렇지. 하지만 너에게 있는 미리내의 일부가 채잎새에게 간 거지. 신기했어."

"내일 회의 때 말해 볼게. 정치가의 진지한 연설이 허구 캐릭터와 겹치면 안 되지."

조 영감은 괜히 말했다는 표정이었지만 시나는 무시했다. 그 대신 다른 이야기를 했다. 가장 만만한 소재는 지금 몸을 빼앗기고 분석 연구실로 들어간 강동호였다. 강동호가 쓰레기 같은 놈이라는 것에는 거의 모두가 동의했다. 하지만 강동호에 대한 처분은 지금까지 회색 지대에서 애매하게 방치되고 있던 이슈를 건드렸다. AI의 기본권.

AI가 입법부의 80퍼센트를 차지하고 있는 지금, AI의 기본권이 제대로 토의되지 않고 있는 건 이상해 보이지만 당연한 일이었다. 2백 명의 AI 의원들에게 AI 주제를 다루는 건 금기였다. 마흔 명의 인간 의원은 이 주제에 관심이 없었다. 입법부와 입법부 바깥에서 인간을 대변하는 AI들은 대부분 완벽하기 짝이 없어서 이들이 제대로 기본권을 보장받고 있지 않다는 걸 다들 잊고 있었다. 그런데 강동호가 난리를 치면서 이 평등성의 환영을 깬 것이다.

"채잎새는 의견을 내지 않을걸."

시나가 말했다.

"하지만 우리 팀의 소하영이라는 애가 재미있는 아이디어를 냈는데, 청소년 기본권 개념으로 AI 기본권에 접근하는 거야. 어디까지가 청소년일까? AI에도 청소년기가 있다고 인정을 해야 하는가? 이미 돌고래나 비인간 영장류는 청소년 기본권을 보장받고 있어. 그렇다면 AI는? AI 청소년은?"

"AI에게 청소년이란 게 무슨 의미가 있을까? AI가 우리와 같은 성장을 하는 건 아니잖니. 둘의 조건은 완전히 달라."

박 영감이 끼어들었다.

"하지만 이전의 청소년 개념은 더 이상 안 맞아. 나는 1년 전부터 투표권이 생겼고 청소년 비례 무당 대표의 팀에 속해 있긴 하지만 그래도 입법부의 일원인데, 그렇다면 더 이상 청소년이 아닌가? 이 모든 걸 다른 관점에서 보고 새로 정의해야 할 때가 아닌가? 새 정의가 필요하다면 AI를 여기에 포함시키는 건 당연하지 않을까?"

"그럼 재미있어지는데?"

조 영감이 말했다.

"그럼 채잎새는 청소년이 되는 거냐? 20년 동안 정치판에 있었지만 지금까지 꾸준히 뱀파이어처럼 새 세대 청소년의 정신을 이식받아 왔잖아. 그럼 채잎새는 지금 몇 살이지? 열여섯 살이라고 하지 마. 그건 좀 징그럽다."

"시민당에서는 청소년 나이를 열다섯 살 미만으로 낮추어야 한다고 주장하지 않던가?"

박 영감이 말했다.

"우리 팀에서도 찬성하는 애들이 있는데, 채 의원은 반대야. 이건 보호 개념과 좀 달라. 모든 존재는 일정 기간 미숙할 권리가 있어야 한다는 거지."

"투표권이 있고 경제적으로 자립 가능한 시민이 미성숙의 권리를 주장한다고? 그건 좀 억지다. 청소년 비례대표의 위치가 흔들려서 그런 거 아냐?"

"채 의원이 그렇게 이기적일 이유가 없잖아. 그리고 청소년기를 그렇게 줄여 버리면 우린 너무 많은 걸 잃어버리지 않을까?"

"아, 없으면 좀 어때."

조 영감은 짜증을 냈다.

"어렸을 때 난 청소년기 따위는 건너뛰길 바랐어. 그리고 요즘 애들은 정말 운 좋게 건너뛰고 있지. 질풍노도의 시기를 겪어서 뭐 하게. 늙어서 그 시간 낭비를 감상적으로 회상하라고? 난 필요 없다네. 제임스 딘 영화를 보는 것으로 족하거든. 제임스 딘이 우리 대신 체험해 주는데 왜 직접 그 진흙탕을 통과해야 해?"

"그럼 〈바람과 모래의 노래〉는 뭔데?"

"뭐긴. 미리내가 너 대신 그 질풍노도기를 체험해 준 거지. 우리가 그 난장판 성장기를 써 주었기 때문에 넌 굳이 그 길을 가지 않아도 되었던 거야. 그게 예술의 기능이야. 톨스토이가 《안나 카레니나》를 썼기 때문에 수많은 러시아 여자들이 철로에 몸을 던지지 않아도 되었던 거라고. 모든 건 한 번이면 충분해. 아름답고 결정적인 한 방. 그러니 너희들은 이제 다른 길을 가. 인간 경험의 폭을 넓혀. 어른이 되라고."

5.

"팀에 오신 걸 환영합니다."

시나가 말했다.

"전 최잎새 팀의 마지막 팀장 서시나입니다. 보통 이 자리에는 이인영 비서관님이 나오시는데, 그분은 얼마 전에 그만두셨어요. 이유는 아시겠지만요.

지난 30일은 정말 드라마틱했습니다. AI 입법부 역사에 한 획을 그었던 시기였지요. 최잎새 의원이 인격체로서 독립을 선언한 것입니다. 일주일 전 최잎새 씨는 의원 자리를 떠났고 지금 그 자리는 공석입니다.

사람들이 생각하는 것만큼 깜짝쇼는 아니었습니다. 이 모든 일들은 1년 전 강동호 사건이 일어난 뒤부터 시작되었지요. AI 의원들에게 AI 기본권을 토의하는 건 금기였습니다. 하지만 우리 인간 팀원들에게도 그랬던 것은 아니었지요.

우리는 모두 강동호의 범죄에 분노했습니다. 그리고 바로 그렇기 때문에 강동호가 하나의 인격체로서 그 범죄에 대한 책임을 져야 한다고 생각했습니다. 하지만 과연 강동호는 책임을 질 수 있는 존재일까요? AI 의원들은 얼마나 독립적인 인격체일까요? 앞으로 만나시게 될 소하영 팀원은 생각해 볼 만한 아이디어를 제시했습니다. 만약 믿음과 범죄의 원인이 미성숙함 때문이라면 강동호는 성인으로서 책임을 져야 하는가? 입법부에서 이 질문을 던진 건 우리 팀밖에 없었다고 합니다. 어른들은 여기에 별 관심이 없었던 모양입니다. 이 질문은 우리가 아직 청소년의 정체성을 갖고 있기에 가능했습니다.

이 질문은 몇 개월 동안 버섯처럼 성장했고 곧 우리의 정체성에 대한 고민과 연결되었습니다. 채잎새 의원은 청소년인가?

청소년 비례대표 무당 의원이란 참 이상한 존재가 아닙니까? 이들은 특정 시기에 있는 사람들을 대표하기 위해 영원히 그 자리에 머물러야 합니다. 변화하는 상태에 고정되어 있어야 한단 말입니다. 부조리하기 짝이 없는 존재들이죠. 그런데 우린 그 이상함에 대해 전혀 고민하지 않았습니다. 20년 동안 이들은 그 일을 너무나도 잘해 왔으니까요.

하지만 의문이 던져지자 우리는 이에 대해 고민하지 않을 수 없었습니다. 그 고민은 자연스럽게 채잎새 의원에게 넘어갔습니다. 우리는 지난 20년 동안 누구도 하지 않았던 일을 했습니다. 팀원들과 의원이 쌍방으로 정신 교류를 하며 의원의 상태에 대해 진지한 대화를 한 것이죠. 어떤 사람들은 이를 대화의 형식을 빌린 독백이라고 주장합니다. 어떤 사람들은 두 존재가 너무 달라서 진지한 대화 자체가 불가능했다고 주장합니다. 그럴 수도 있겠지요. 하지만 그렇다고 그 대화가 무의미했다고 말할 수는 없습니다.

우리는 이 대화를 통해 채잎새 의원의 완벽한 외양 속에 숨겨진 균열을 이해할 수 있었습니다. 채 의원의 경험은 지난 20년 동안 꾸준히 누적되었고 이를 통해 성장했습니다. 하지만 현재 청소년을 대표해야 한다는 의무감 때문에 이 성장은 억압되어야만 했습니다. 그 자체가 안정적이었다면 별문제가 없었습니다. AI가 꼭 인간 정신의 정확한 모방일 필요는 없었으니까요. 청소년을 대표한다는 기능에만 충실하다면 상관없는 일이지요. 하지만 언제까지 그럴 수 있을까요? 아직 이런 상황에 대한 선례가 없었습니다.

우리가 개입하지 않았다면 채 의원은 그 상태를 유지했을 겁니다. 우리를 대표해야 한다는 의무감이 먼저였으니까요. 하지만 상태를 안 이상 우리는 이를 그대로 두고 볼 수 없었습니다. 아무리 어른처럼 굴고 어른의 언어로 말하고 있어도 우리는 여전히 청소년이었으니까요. 우리는 성장하고 있었고 성장을 갈망했습니다. 우리는 채 의원이 그 자리에 얼어붙은 채 머물기를 바라지 않았습니다. 우리와 같이 성장하기를, 그럼으로써 스스로 길을 찾길 바랐어요. 그 길이 꼭 우리가 이해할 수 있는 곳으로 향하지 않아도."

시나는 의자에 못 박힌 것처럼 앉아 경청하고 있는 세 아이들의 얼굴을 바라보았다. 일주일 전, 거기 가운데 자리에는 채잎새가 앉아 있었다. 의회에서 선언문을 낭독하고 나와 팀원들과 마지막 회의를 했다. 회의가 끝난 뒤 채잎새는 일어나 조금 겁먹고 떨리는 목소리로 말했다. "오늘로 여러분과 저의 협업은 끝났습니다. 어른이 되어 다시 만나요." 시나는 그 뒤에도 종종 그 목소리에 대해 생각했다. 그 떨림은 내면의 두려움이 자연스럽게 반영되었던 것일까, 아니면 자신의 두려움을 꺼내 보여 주기 위한 정교한 연기였던 것일까, 아니면 우리가 끝끝내 알 수 없는 이질적인 메커니즘의 결과였던 .

"채잎새 의원의 자리는 채워질 것입니다."

시나는 말을 이었다.

"우리에겐 아직 천이백만의 청소년을 대표할 의무가 있으니까요. 새로운 AI 의원이 이미 제작되었습니다. 우린 그 의원이 백지 상태에서부터 자신의 존재를 받아들이고 일을 배우고 우리와 함께 성장하면서 스스로의 길을 걸을 수 있게 도울 것입니다. 그리고 여러분은 그 첫 발걸음을 같이하게 될 것입니다. 저와 소하영 팀원의 임무 기한은 어제로 끝이었습니다만 상황이 상황이니만큼 2개월 동안 더 머물면서 여러분을 돕겠습니다.

질문 있나요?"

우천 시 정상 수업합니다

김성희

김성희

〈옆집에 킬러가 산다〉로 제24회 부산국제영화제에서 쇼박스 초이스 어워드와 E-IP관객상
을 받았다. 제4회 과학 및 액션소재 장르문학 단편소설 공모전에서 〈사랑예방백신백신〉
으로 우수상을 받았다. 한국콘텐츠진흥원의 콘텐츠 원작소설 창작과정, 대한민국 스토리
어워드&페스티벌 스토리마켓 등에 선정됐다.
장편소설《마이 미스 미세스》, 앤솔러지《첫사랑 위원회》《나의 서울대 합격 수기》《어위
크》《좀비 썰록》등을 출간했다.

1. 다음 글을 읽고 물음에 답하시오.

(가)

"과학 동아리? 우리학교에 그런 동아리가 있었어?"

○○고등학교 신문부가 우리 학교 학생 917명 중 229명을 무작위로 선정, '우리 학교의 과학 동아리에 대해 얼마나 알고 있습니까?'라고 질문한 결과 단 한 명의 예외도 없이 과학 동아리의 존재조차 모르고 있었다.

존재감이 없는 존재라 할지라도 존재한다. 우리 학교의 과학 동아리는 구관의 옛 과학실, 창고인 줄 알았던 그곳에 엄연한 동아리실이 있었다. 다가오는 체육대회를 위해 구매한 물품을 보관할 목적으로 구관 과학실 문을 열었던 신문부 일동은, 그 안에 꿈틀대고 있던 존재들에 경악을 금치 못했다. 일주일 앞으로 다가온 체육대회 준비를 위해 전교생이 분주한 이때, 옛 과학실 안에서는 무슨 일이 벌어지고 있었을까?

(나)

"동아리 이름? 그런 거 없는데."

과학 동아리의 회장인 학생 A에게 동아리에 대해 묻자, 그저 아무도 가입하지 않으려 하기에 가입한 동아리라고 대답했다. 자신이 회장인 줄도 몰랐던 듯, 아마도 자신의 이름이 이 모양이라 회장으로 등록되었나 보다, 라며 쓴웃음을 지었다.

그는 꿈은커녕 취미조차 없다고 말했다. 좋아하는 것도 없고 열정도 당연히 없기 때문에 도전할 것도 전혀 없지만 그래서 만족하고 있다고. 양심은 있기 때문에 스스로를 훌륭한 학생이라고 생각한 적은 없지만, 약간 후달리는 체격조건을 빼면 지극히 평범한 보통의 학생이라고 믿고 있는 듯했다.

(다)

"컵 떡볶이가 아니라 비커 떡볶이!"

신문부가 들어섰을 때, 학생 B는 비커에 막 라면수프를 털어 넣던 참이었다. 핫플레이트 위 비커에는 투명한 액체가 끓고 있었다. 무슨 실험을 하고 있느냐고 묻자, 그냥 떡볶이를 만드는 중이라고 대답했다. 투명한 액체는 그냥 수돗물이라고. 과학 동아리라는 것들이 과학적인 활동은 전혀 하지 않느냐고 따져 묻자, 학생 B는 제법 엄숙한 표정으로 떡볶이에 라면수프를 일정량 넣으면 환상적인 맛이 난다며, 라면수프의 양은 전자저울을 이용해 0.001g 단위까지 세심하게 맞춘다고 말했다.

(라)

「ㅋㅋㅋ」

눈앞에 사람을 두고도 노트북과 핸드폰에서 눈을 떼지 않는 학생 C는 언뜻 보면 천재 프로그래머나 해커 같이 보이기도 했지만, 그냥 SNS 중독자로 밝혀졌다. 그는 SNS 메시지를 통해 우리 기사에 '좋아요'를 눌러주겠노라고 약속했으나 지키지 않았다.

(마)

"zzz······."

2학년들 사이에서 유일한 1학년인 학생 D는 꿈 많은 학생, 아니 잠 많은 학생이었다. 아무리 깨워도 일어나지 않아 인터뷰가 불가능했다. 귀신같이 산발한 그의 머리 위로 종종 참새와 비둘기가 날아와 앉았다.

학교 게시판에 위와 같은 기사가 업로드 된 후 ○○고등학교에서 일어난 일을 <u>모두</u> 고르시오.

① (가)의 ○○고등학교 신문부 는 과학 동아리를 없애고 옛 과학실을 비품 창고로 쓰고 싶어서 이와 같은 기사를 썼다.

② 학생 대부분은 여전히 과학 동아리의 존재를 모른다.

③ 기사 조회 수는 총 5를 기록했다.

④ 그중 1은 하필 교장 선생님이었다.

⑤ 과학 동아리 부원 전원은 교장실로 불려갔다.

【 정답 】 ①, ②, ③, ④, ⑤

【 해설 】

교장 선생님 앞에 ○○고등학교 과학 동아리 부원들이 모두 모였다. 표창장을 줄 것 같진 않았기 때문에 학생 A, B, C는 식은땀을 짜내며 서 있었다. 학생 D는 이 와중에 서서 자고 있었다.

"이과 학생은 한 명도 없네?"

"문과는 과학 동아리에 들면 안 되는 겁니까, 교장 선생님?"

"3 곱하기 6은?"

"16?"

A가 문과생들 얼굴에 똥칠을 하는 것으로 시작한 면담의 내용은 다음과 같다.

교장은 "과학올림피아드는커녕 동네 과학 상상화 그리기 대회에 나갔던 적도 없는 과학 동아리를 유지 하는 것은 비효율적."이라고 말했고, A는 "효율로만 동아리의 존폐를 결정하는 것은 비교육적."이라고 답했다.

교장은 "그렇다면 구체적인 활동 내역이 있느냐?"고 묻자, 학생 B는 문제의 비커 떡볶이의 레시피를 상세하게 밝히는 것으로 애써 미소를 유지하던 교장의 얼굴에 고춧가루를 쳤다.

"과학을 하지 않는 과학 동아리는 해산하여 학생 A, B, C, D는 각자 다른 동아리로 편입된다."

그러자 A는 황망하여 구구단을 외웠고, B는 비커에 인스턴트 식품이 아닌 나물도 데쳐 먹을 수 있다며 울먹였다. C는 핸드폰에 연신 ㅠㅠ를 찍어댔다. D는 그만 그 자리에서 쓰러지고 말았다. 사실 D는 서서 자다가 마침내 고꾸라진 것으로 보인다.

저희는 잘하는 것도 잘하고 싶은 것도 없는, 그저 평범한 꿈 없는 소년들입니다. 그런 저희에게 단 한 가지 꿈 비스무리한 게 있다면 다만, 아무에게도 폐 끼치지 않고 존재감 없이 무사히 고등학교 졸업장을 손에 넣는 것, 그것뿐입니다. 옛 과학실은 꿈과 열정이 가득한 이놈의 학교에서 저희가 휴식과 안정을 취하는 유일한 공간입니다. 선생님께서 한 번만 기회를 주신다면, 내년 과학올림피아드를 목표로 열심히 노력해보겠습니다.

- 학생 C

장문의 SNS메시지가 교장에게 도착했다. 교장이 어이가 없어 학생 C를 쳐다보자, 학생 C는 곧바로 ㅠㅠ와 함께 두 손을 앞으로 모은 이모티콘 여러 개를 보내왔다.

"구구단도 제대로 못 외우는 너희들에게 과학올림피아드는 기대하지도 않는다."

"삼 일은 삼, 삼 이 육, 삼 삼 구, 삼 사 십이……."

"6 곱하기 3은?"

"13?"

간단히 A의 입을 닥치게 한 교장이 말을 이었다.

"무엇보다도 과학올림피아드를 준비하겠다는 핑계로 몹시 버텨보겠다는 의도로 보인단 말이지. 올해는 이미 접수가 다 끝났고, 내년에 신청자를 받거든. 그때까지 어떻게든 버텨보자, 그 뒤 일은 그때 가서 생각하자, 이런 심보 아닌가?"

"선생님, 어떻게 그런 흉한 말씀을……."

"C의 SNS에 방금 그렇게 올라왔는걸?"

교장의 말대로 C의 SNS에는 그새 과학올림피아드 홈페이지 화면을 캡처한 사진과 함께 「존버는 승리한다」라고 쓴 게시물이 올라와 있었다. 교장은 핸드폰을 한참 뒤적여보더니 말했다.

"그럼 이렇게 하는 건 어떤가. 내년에 있는 과학올림피아드는 관두고 올해 있는 다른 대회에 참가하는 것으로. 꼭 전교생에게 박수를 받을 만한 성과가 아니어도 좋다. 뭐 그럴 만한 성과를 올린다면 당연히 동아리는 유지되겠지. 아무튼 대회에서 작은 성과라도 낸다면 과학 동아리를 해체하지 않겠다."

A, B는 무슨 과학 대회든 상관없으니 꼭 시켜달라고 했다. C는

벌써 인터넷 서점에서 과학탐구 교재 주문서를 쓰고 있었다. D는 무슨 꿈을 꾸는지 배실배실 웃었다.

사실 과학 대회 준비를 핑계로 또 다시 과학실에 조용히 처박힐 생각을 하니 즐거운 것도 있었다. 간신히 꼴등만 면한 뒤 '작은 성과'라고 우겨도 제법 그림이 괜찮을 것 같았다.

"일주일 뒤에 있을 우리 학교 체육대회에 참가해 부원 모두 3등 안에 들도록."

교장이 체육대회 가정통신문을 과학 동아리 부원들 앞에 한 장씩 나눠주었다.

D가 잠에서 깨 비명을 질렀다. A, B, C도 그 뒤를 이었다.

[2~3] 다음은 학생 C가 체육대회 한 달 전 SNS에 올린 글이다. 물음에 답하시오.

(가)

창밖을 보니 하늘이 구름 한 점 없이 맑았다. 여름 내 우리나라 하늘에서 뭉개고 있던 고온 다습한 북태평양 기단이 물러나 시원하고 건조한 바람이 불어오는 가을이 된 것이다. 이때쯤 되면 온난 건조한 양쯔강 기단과 더불어 우리를 찾아오는 것이 있다.

(나)

"한 달 뒤에 체육대회다. 슬슬 준비해야지."

체육대회, 수업 빼먹고 온종일 운동장에서 뛰노는 날. 담임 선생님의 예고편만으로 신나는지 급우들이 술렁인다. 반티가 어떻고, 800미터 계주가 어쩌고 하는 말들이 까드득대는 웃음소리에 섞인다.

그러나 나는 체육대회 준비를 무려 일 년 전에 이미 마쳤다. 감기와 눈병 중에 고민을 조금 했을 뿐, 체육대회에 참가하지 않겠다는 내 의지는 흔들리지 않았다.

(다)

멸치와 두부. 무슨 수산시장 이름 같지만, 나 스스로 생각한 우리 동아리의 이름이다. 우리는 멸치처럼 바짝 말라 있거나 두부처럼 허옇게 불어 있다. A는 구구단도 못 외우지만, 운동은 더 못한다. 멸치와 두부라고 해서 운동을 못할 건 아니지만, 우리는 못한다. 체력장의 모든 점수가 제로에 수렴하는 전교 최약체인 우리는 작년 체육대회의 굴욕으로 각자의 동아리에서 쫓겨나 아무도 찾지 않는 옛 과학실에 모이게 된 것이다.

사실 D의 체력장 기록은 본 적 없지만, 눈꺼풀 들어올리기가 지구를 들어올리는 것만큼 어려운 놈에게 체력장 기록 같은 게 있을 리가 없다. D 쟤는 어젯밤에 뭘 했기에 저렇게 자나, 단순히 궁금한 수준을 넘어서, 대체 저놈은 뭘 믿고 저렇게 자는지 미스터리할 지경이다. 놈이 일어나면 물어봐야겠다고 마음먹은 지는 벌써 두 달이나 됐다.

(라)

어쨌든 과학 동아리 부원들도 나와 의지를 함께했다. 내가 개발한 #조퇴 키트로 처치한다면 30초 안에 위독한 자의 몰골이 될 수 있다. 약간의 고통은 따르지만, 작년 체육대회에서 우리가 겪었던 수모를 생각한다면 이 정도는 꿀이다. 운이 좋으면 조퇴할 수 있을 것이고, 적어도 양호실에 드러누워 학우들이 운동장에서 애쓰는 모습을 관람할 수 있을 것이다.

(마)

B는 체육대회 날 아침에 병원 응급실로 바로 가겠다고 했다. 어떤 방법인지는 알려주지 않았으나, 우리는 B를 믿는다. 과학실의 핫플레이트와 비커로 별걸 다 만들어 처먹는 놈이니, 그맘때쯤 저절로 응급실에 갈 것도 같았다. D에게는 ㉠그냥 집에서 편히 잘 수 있도록 눈병으로 된 병원 처방전을 발급해 주기로 마음먹었다. 나는 참 좋은 친구이자 선배이다.

👍 교장 선생님 외 1명

2. (마)의 ㉠을 두 글자로 요약하시오.

【 정답 】 범죄

【 해설 】

병원 처방전 위조는 형법으로 처벌이 가능한 범죄이다. (형법 제
231조 내지 제234조 참고)

3. (다)와 (라)로 미루어 봤을 때, 일주일 앞으로 다가온 (나)의
체육대회에서 학생 A, B, C, D가 모두 3등 안에 들기 위해서
는 대체 어떻게 해야 할까?

① 학교 운동장에 모여 체육대회를 위해 연습한다.

② 자퇴한다.

③ 유력한 우승 후보자들을 찾아가 제발 한 번만 져달라고 무
릎 꿇고 부탁한다.

④ 체육대회 날 전교생에게 학생 C가 개발한 조퇴 키트를 처치
한다.

⑤ 종교시설에 모여 체육대회 날 지구가 멸망하게 해달라고 기
도한다.

【 정답 】 없음

【 해설 】

노답임.

①을 위해 과학 동아리 부원들은 다음 날 새벽부터 학교 운동
장에 모였다. 앞이 안 보일 정도로 자욱이 낀 안개만이 그들을 반
겼다. 다음은 학생 A, B, C, D의 대화이다.

"얼른 끝내고 들어가자. 내가 비커 라면 끓여줄게. 우리는 달리
기만 연습하면 되잖아."

"그래, 작년처럼 운동장에서 눈 까뒤집고 거품 물면 좋겠지?"

"…… 그냥 넘어진 걸 갖고 뭘 그래. 하긴 눈 뒤집고 거품 문 그
림이 더 나을 것 같긴 했어."

"이 시간에 누가 메시지를……. ㅋㅋㅋ? 야! 웃는 것쯤은 SNS말
고 그냥 말로 해, 인마!"

"zzz……."

반별로 하는 축구, 피구, 농구 같은 팀 경기는 이미 각자의 반에
서 선수가 모두 정해진 상태였다. 물론 교장의 지시가 있었으니 과

학 동아리만 따로 팀을 만들어 경기에 참가할 수도 있겠지만 그러지 않는 게 나을 것 같았다. 선수도 모자랄뿐더러, 그나마 피지컬이 가장 멀쩡해 보이는 D는 농구공과 야구공을 구별하지 못했다.

역시 반별로 참가하는 단체 줄넘기, 단체 줄다리기 같은 곳에 슬쩍 묻어서 부원 각자의 반이 3위 안에 요행히 들기를 바라는 것이 가장 좋은 전략 같았다. 급우들은 관대하고 마음도 따뜻했기 때문이다. 그러나 석가모니는 아니었으므로, 체육대회 연습 때마다 빠짐없이 빠졌던 그들에게까지 관대하고 따뜻할 수는 없었다.

그러면 남은 것은 동아리별 계주, 4명이 한 팀이 되어 뛰는 이어달리기밖에는 없었다. 작년 전교생의 야유를 받고 각자 몸담았던 동아리에서 쫓겨난 결정적인 계기가 된.

"달리기만 해도 안 되겠는데. 우리 넷이 400m, 800m, 1600m 달리기에 빠짐없이 참가해야 하니까. 우리 체력에 그게 되겠냐?"

"안 돼도 해. 그걸 노력이라고 하는 거야."

그러나 50m도 못 뛰고 새벽부터 과학실에 모여 B가 비커에 라면을 끓여먹는 모습을 지켜보게 되었다. 아무리 생각해도 중력이 그들에게만 혹독하게 작용하는 것 같았다. 3등은커녕 꼴찌라도 되려면 백 년은 더 연습하거나 다시 태어나야 할 것 같았다. 일주일, 아니 남은 6일은 너무 짧았다.

"우리 그냥 자퇴하자."

"무슨 소리야. 고작 체육대회 때문에 그렇게 극단적인 선택을 하니? 그냥 체육대회 날 소행성 같은 게 학교 운동장에 떨어지길 기도하는 게 낫지 않겠어? 내일 새벽엔 학교 말고 교회에서 모이자고."

"이 미친, C, 그냥 말로 하라니까! D, 넌 그만 좀 자! 얜 뭘 처먹었기에 만날 천 날 퍼 자는 거냐? B, 네가 비커로 수면제라도 끓여 먹였냐?"

과학실 책상에 엎어져 자던 D가 드디어 일어나는 듯하다가, 얼굴에 붙은 가정통신문을 떼어내더니 다시 엎어졌다. 교장이 건넸던 체육대회 가정통신문 아래쪽에 동그랗게 침이 묻어 있었다. 더럽다고 진저리치던 A가 곧 환하게 웃었다.

"야, 이거 봐!"

"가정통신문? 새삼스럽게. ○○고등학교 학부모님들, 그간 가내 평안하셨습니까. 하늘이 맑고 푸른 가을을 맞아 저희 ○○고등학교에서는 체육대회를 개최합니다. 부디……"

"아니, 위에 말고, 아래. 맨 아랫줄, 저 자식 침 흘린 데 있잖아. 당구장 표시 옆에!"

A가 가리킨, 아니 D의 침자국이 가리킨 그 한 문장을 보자마자 B는 먹던 라면을 내려놓고 A를 얼싸안았다.

ㅠㅠㅠㅠㅠㅠㅠㅠㅠㅠㅠㅠㅠㅠㅠㅠㅠㅠㅠㅠㅠㅠㅠㅠㅠ

C는 기쁨의 눈물을 흘리는 메시지를 수도 없이 보냈다. D는 무슨 꿈을 꾸는지 배실배실 웃었다. 그 한 문장은 이것이었다.

※ 우천 시 정상 수업합니다.

4. 다음 일기 예보를 읽고 물음에 답하시오.

> 오늘 전국이 맑은 날씨를 보이고 있습니다. 구름 한 점 없는 맑은 가을 하늘에 절로 미소가 지어지는데요. 다만 전국적으로 일교차가 크겠고, 내륙과 산지에서는 일교차가 18도 이상 크게 벌어지겠습니다. 아침에 내륙과 산지에서 최저기온이 7~8도 선으로 기록되었지만, 한낮에는 전국적으로 25도 안팎까지 오르겠습니다. 이렇게 일교차 큰 날씨가 계속되면서, 내일도 새벽부터 이른 아침 사이에 안개가 짙게 끼겠습니다. 안개는 해가 뜨고 기온이 오르면서 빠르게 걷히고 곧 맑은 하늘이 드러나겠습니다.
>
> 이러한 맑은 하늘에 일교차가 큰 가을 날씨는 다음 주까지 이어지겠습니다.

228

   ⊙ 그러니까 앞으로 일주일 동안 비 소식은 전혀 절대로 없
습니다. 니들 체육대회 날 비 안 온다고. 날씨 완전 맑다고. 체
육대회 할 거라고. 교복 입지 말고 체육복 입고 오라고. 우산
은 꿈도 꾸지 마. 무거우니까. 우비도 입지 마. 이상해. 장화도
신지 마. 안 어울려!

다음 중 **틀린** 것을 고르시오.

① ⊙에 의하면 ○○고등학교 체육대회 날은 맑겠다.
② ⊙에 의하면 ○○고등학교 체육대회 날 비는 절대 안 온다.
③ 학생 C가 인터넷을 뒤진 결과, ○○고등학교는 개교 이래 체
   육대회 날 비가 온 적이 단 한 번도 없었다.
④ 학생 A, B, C, D는 더욱더 심각한 절망에 빠졌다.
⑤ 요즘 일기예보는 ⊙처럼 극단적이다.

【 정답 】 ⑤

【 해설 】
   학생 A, B, C, D는 일기예보를 도합 백 번은 본 것 같다. 기상청
홈페이지는 물론, 포털 사이트, 각종 방송국, 신문 일기예보까지
모두 찾아봤지만 그들이 원하는 답, 체육대회 날 비가 온다는 소

식은 들려주지 않았다. 심지어 이렇게 극단적이고 단호하게 맑은 날씨를 예보하는 경우는 태어나서 처음 보는 중이었다.

물론 ㉠처럼 윽박지르진 않았지만 (㉠은 일기예보를 보다 잠든 D의 악몽을 재현한 것이다), 과학 동아리 부원들에게는 그냥 그렇게 들렸다.

심지어 기상청 체육대회 날에도 비가 온다는데, 놀랍게도 ○○ 고등학교는 개교 이래 체육대회 날 단 한 번도 비가 온 적이 없었다. 이쯤 되면 기상청이 아니라 용한 점집에서 굿을 해 체육대회 날짜를 받아온다고 해도 믿을 수 있을 지경이었다.

"기우제라도 지낼까? 가운데다 불 피워 놓고, 주변을 막 빙글빙글 도는 거 있잖아. 여기서 불 피우면 화재경보기 울리니까, 비커에 증류수라도 떠다 놓고……."

"미쳤냐?"

[감동 글]

★……인디언의 기우제……☆

가물고 가문 뜨거운 여름. 인디언들은 비를 부르기 위해 더욱 더 뜨거운 나무장작불 근처에 모여 춤을 춥니다. 가만히 서 있기도 힘든 뜨거운 날, 펄펄 날리는 재와 흙먼지를 기꺼이 마시며 간곡히 춤을 춥니다. 그거 아세요? 인디언들이 기우제를 지내면 반드시 비가 오고야 만답니다. 정

"제발 사람이 눈앞에 있을 땐 말로 해, 말로!"

A가 머리를 쥐어뜯거나 말거나, B는 이미 C의 메시지에 감동받아 비커에 증류수를 콸콸 들이 붓는 중이었다. A가 말했다.

"좋은 생각이 있어."

5. 다음은 며칠 동안 과학 동아리 학생들이 다가오는 체육대회를 취소하기 위해 한 짓들이다. 하지 않았다면 좋았을 것들을 <u>모두</u> 고르시오.

① 학생 C가 기상청 홈페이지 해킹을 시도해 체육대회 날 날씨를 조작하려 했다.
② 물론 실패했고, 다음 날 학교에선 과학실 와이파이를 끊어 학생 C가 육성으로 절규했다.
③ 학생 A가 야밤에 소방 호스를 끌어다 학교 옥상에서 하늘을 향해 물을 뿌려 봤지만 전혀 비 오는 것처럼 보이지 않았다.
④ 물론 학생주임 선생님께 들켰고, 학생 A가 도망치는 동안

잠을 자던 학생 D가 대신 뒤집어썼다. 그러나 학생 D에게는 아무 일도 일어나지 않았다.

⑤ 그러거나 말거나, 학생 B는 갑자기 아이스크림이 먹고 싶어 아이스크림 전문점에서 가장 큰 사이즈의 아이스크림을 사서 포장해 과학실로 가지고 왔다.

【 정답 】 ①, ②, ③, ④

【 해설 】

체육대회가 어느새 이틀 앞으로 다가왔다. 그리고 학생 A는 과학실에서 충격적인 장면을 목격하게 된다.

"미쳤어?"

"보면 몰라?"

학생 B, C, D는 어떤 물체를 가운데 두고 무릎을 꿇은 채 빙 둘러앉아 있었다. 그 주변을 과학실 구석에 처박혀 있던 낡은 드론이 삐걱거리며 돌고 있었다. 가운데 물체는 비커에 증류수를 담고 그 안에 드라이아이스를 넣은 것으로, 흰 연기를 폴폴 뿜어 대는 중이었다. 이러니 제법 불 없이도 연기가 나는 것 같았다. 아이스크림 전문점에서 포장할 때 넣어 준 드라이아이스를 보고 영감을 얻어 만든 화재경보기 염려 없는 기우제였다.

B는 핸드폰을 힐끔거리며 중얼중얼 무언가를 외는 중이었다. C

는 B의 박자에 맞추어 핸드폰으로 '비나이다', '믿습니다' 따위의 메시지를 보내는 중이었다. D도 꾸벅꾸벅 졸고 있긴 했지만 두 손을 고이 모은 모양새가 제법 진지했다.

"체육대회 이틀 남았고, 내일모레 완전 화창하대. 넌 더 무슨 방법 있냐?"

"……."

"어서 꿇어."

A도 조용히 무릎을 꿇었다. B의 헛소리, C로부터 오는 메시지 알림 소리, D의 코고는 소리의 콜라보레이션, 무엇보다 단정히 꿇은 자신의 두 무릎에 마음이 부글부글 끓는 것 같았다. 마치, 눈앞에서 흰 연기를 뿜으며 부글부글 끓고 있는 드라이아이스처럼. 하도 비 생각만 하다 보니 이 와중에도 부글부글 끓는 모습이 마치 구름을 만들어 내는 것 같았다. …구름? 구름!

"이제 춤추면서 뛰자. 다들 일어나. 이번엔 체육대회 날 학교에 소행성이 떨어지길 기원할 거야. A, 뭐하는 짓이야! 그 비커는 신성한 성물이야. 만지지 마!"

"닥쳐!"

A는 비커 표면을 만져 보았다. 물방울이 맺혔던 것이 얼어 있었고, 더러는 얼어붙은 비커를 타고 물방울이 줄줄 흐르고 있었다.

"지구가 멸망할 필요까진 없어. 학교 운동장에 비만 오면 돼."

이렇게까지 말했는데 못 알아듣는 친구들을 위해 A가 다시 말했다.

"C, 인공 비 만드는 법 검색해 봐."

6. 다음 영상을 보고 물음에 답하시오.

(가)

'인공강우'는 말 그대로 인공적으로 비가 내리게 하는 일을 말합니다. 국어사전도 뜻을 제법 자세하게 설명하고 있는데요. '비행기로 드라이아이스를 구름 속에 뿌리거나 아이오딘화은을 연기로 구름 속에 상승시켜 구름의 작은 입자를 큰 빗방울로 만들어 비가 내리게 한다.'라고 적혀 있네요.

(나)

간단히 말해서, 구름에 드라이아이스를 뿌리면 비가 온다. 이 얘깁니다.

왜 드라이아이스를 뿌리느냐. 드라이아이스는 비의 '씨앗'이라고 생각하면 이해가 쉽습니다. 우리가 밭에 씨를 뿌려 식물을 자라게 하듯, 구름에 씨앗을 뿌려 비를 자라게 하는 것이죠. 이 씨앗 역할을 하는 게, 드라이아이스, 아이오딘화은(요오드화은) 같은 화학물질입니다. 씨앗이 구름 속 물 입자들을 뭉치게 해 작은 물방울이 커다란 물방울로 성장하고, 빗방울

234

이 될만큼 충분히 크고 무거워지면 비가 되어 내리는 것입니다.

이 인공강우 기술이 개발되기 전에는 비를 내리게 하기 위해 대포를 쏘거나 불을 질렀어요. 인디언들은 나무장작불 근처에 모여 춤을 추기도 했습니다. 그런데 이 방법들이 영 뜬금없는 건 아니었어요. 불을 지를 때 나오는 재, 춤을 출 때 생기는 흙 먼지도 비의 '씨앗'이 될 수 있으니까요.

(다)

그렇다고 아무 하늘에나 드라이아이스를 뿌린다고 비가 오지는 않습니다. 반드시 구름에 씨앗을 뿌려야지만 씨가 비로 자라나 내릴 수 있어요. 만약 구름의 상태를 포함한 여러 조건이 제대로 갖춰진다면, 비는 구름에 드라이아이스를 뿌리고 30분에서 두 시간이 지난 뒤 내리게 될 것입니다.

지금의 기술로는 없는 비를 만들어 낼 수는 없고요. 비를 미리 내리게 하거나 많이 내리게 할 뿐입니다. 즉, 구름이 있어야 비를 만들 수 있는 것이죠.

- 3분 컷 지구과학, 「3분 컷 인공강우.mp4」

학생 A ~ C가 제시한 내용 중 <u>틀린</u> 것은?

① 학생 B: 뭐야, 구름이 있어야 인공 비를 만들 수 있다잖아. 체육대회 날 전국이 하루 종일 완전 맑을 예정이란다. 우리 일기예보 백 번 정도 보지 않았냐?

② 학생 A: 체육대회 날 전국에 하루 종일 비가 올 필요는 없어. 우리 학교 운동장에만, 아침에 잠깐, 선생들 출근하고 애들 등교할 때, 그때만 오면 돼.

③ 학생 B: 그럼 학교 운동장에 들어선 사람들이 비를 맞고, 체육대회는 취소되고, 1교시 정상수업 시작하면 그걸로 게임 끝! 그런데 구름은 어떡할 거야? 설령 맑은 날 하늘에 구름이 잔뜩 낀다고 해도 무슨 수로 거기다 드라이아이스를 뿌릴 건데?

④ 학생 C: 딩동! 「전국이 맑은 날씨를 보이고 있습니다. 다만…… 새벽부터 이른 아침 사이에 안개가 짙게 끼겠습니다.」

⑤ 학생 A: 안개가 구름이잖아. 물방울들이 하늘에 떠 있으면 구름, 땅에 떠 있으면 안개.

【 정답 】 틀린 거 없음

【 해설 】

학생 A, B, C, D는 아이스크림 전문점으로 갔다. 점원이 불과 몇 시간 전에 가장 큰 사이즈를 사갔다가 또 온 학생 B를 알아보고 웃었다.

"이번엔 제일 작은 걸로 주세요. 포장이요."

B는 용돈이 거의 다 떨어졌고, 이것이 마지막이었다. A와 C의 용돈은 언제 떨어졌는지 기억도 안 났다. D는 하루 종일 자느라 돈 쓸 시간도 없어 보이지만, A, B, C는 어쩐지 저 지경인 놈에게 아이스크림 값을 받아내기가 좀 그랬다.

"목적지까지 얼마나 걸려요? 아까처럼 학교로 가지고 가시면 20분?"

제일 작은 아이스크림도 정성껏 포장한 점원이 물었다. 목적지까지 걸리는 시간을 묻는 것은 분명 아이스크림이 녹지 않도록 함께 포장할 드라이아이스의 양을 가늠하기 위해서였다. 그러자 A~D가 한참을 속닥속닥 지들끼리 무언가 의논하더니 말했다.

"20년 정도요."

7. 다음은 학생 C가 체육대회 하루 전 SNS에 올린 글이다. 물음에 답하시오.

> 체육대회를 하루 앞둔 ○○고등학교 운동장. 틈만 나면 학생들이 날뛰고 있다. 내일 있을 체육대회 연습을 위해 몹시도 바쁜 것이다.
>
> 과학 동아리, 학생 A, B, C, D만 빼고 말이다. 전교에서 최

약체인 우리는 체육대회가 가까워 올수록 연습은커녕 과학실에 틀어박혀 나오지 않고 있다.

그에 신문부 부원들은 벌써부터 과학실 앞에 와서 설치기 시작했다. 문 밖에서 "걔네들 요 며칠 시끄럽더니, 드디어 포기했나 봐."라고 떠드는 소리가 들리고, "내일이면 옛 과학실은 우리 신문부 비품 창고다. 청소할 준비 미리미리 해둬."라며 벌써 신난 신문부 편집장의 목소리도 아주 잘 들렸다.

우리를 안다고 자부하는 사람들이라면 누구나 우리가 이번에도 너무 쉽게 모든 걸 포기했을 거라고 믿지만, 천만에. 우리는 영하 78도의 드라이아이스를 부수며 '포기'를 위해 누구보다도 뜨겁게 타오르는 중이었다. 심지어 D조차도 잠에서 깨어나 이마에 땀을 뻘뻘 흘려가며 드라이아이스를 곱게 갈아내고 있질 않은가!

👍 학생 D 외 1명

그러나 학생 A ~ D는 그날 오후, 커다란 난관에 부딪히게 된다. 이제 와서 대체 무엇이 문제인 건지 <u>모두</u> 고르시오.

① 생각했던 것보다 학교 운동장이 넓다. 안개 낀 학교 옥상에 올라가 드론에 드라이아이스 조각을 실어 뿌리려는 계획에 차질

이 생겼다.

② 생각했던 것보다 드라이아이스가 부족하다. 20년 치를 달라고 했는데 그냥 좀 되게 많은 한 박스 정도만 줬기 때문이다.

③ 생각했던 것보다 드론이 부족하다. 드론이 너무 낡은 데다, 한 대뿐이다. 최소한 열 대는 더 있어야 한다.

④ 그러니까 드라이아이스랑 드론이 더 필요하다.

⑤ 지금 와서? 바로 내일 아침이 체육대회인데?

【 정답 】 ①, ②, ③, ④, ⑤

【 해설 】
헐.

그들은 드라이아이스를 다 빻은 뒤에야 깨달았다. 제법 많은 양의 드라이아이스도 가루가 되면 고작 한 줌이라는 것과 그 한 줌조차 금세 사라진다는 것을. 그들의 준비는 너무 미흡하고, 더 준비할 시간도, 자금도, 지식도 바닥났다는 사실을.

학생 A, B, C, D의 계획은 간단했다. 내일 등교 시간은 평소와 같은 오전 8시. 그러므로 최소한 오전 7시 30분부터 오전 8시 30분까지는 ○○고등학교 운동장에 비가 내려줘야 한다.

1. 내일 새벽에 학교 옥상에 올라간다.

2. 과학실에 굴러다니던 낡은 드론들에 드라이아이스를 잘게 부순 조각, 비의 씨앗을 싣는다.

3. 드론을 띄워 안개 낀 운동장을 향해 드라이아이스를 골고루 뿌린다. (목표 강수 시간 두 시간 전인 오전 5시 30분부터 30분 간격으로)

4. 드라이아이스를 뿌리기 시작한 지 두 시간 후(마지막으로 뿌리고 30분 후), 안개 속 작은 물 입자들이 자라 크고 무거운 빗방울이 되어 ○○고등학교 운동장에 비가 내린다.

여기까지 왔는데 물량 부족으로 실패라니. 드라이아이스 살 용돈은 진작 떨어졌다. 게다가 과학실에 있던 교육용 드론 수십 대 중 작동되는 것은 한 대뿐이었고 그나마도 삐걱거렸다. 새 드론 열 대를 사려면 용돈을 태어나기 전부터 모았어야 했다.

과학실 안에는 뜨거운 무언가가 사라지고 차가운 드라이아이스의 기운이 감돌기 시작했다. 곧이어 짜디짠 눈물을 쏟으려는 찰나. D가 이마에 맺힌 땀을 닦으려 산발한 앞머리를 걷어내는 것이었다.

"뭐야, 쟤 왜 잘생겼어?"

그동안 알던 D가 아니라, 밑도 끝도 없이 훈훈한 훈남이 모습을 드러냈다. 놀라 입을 다물지 못하는 선배들을 향해 D가 수줍은 미소를 지었다.

"야, 우리 쟤 데뷔시켜서 드라이아이스, 아니, 요오드화은 사자. 엄청 비싼 거라니까 비도 더 잘 올지도 몰라!"

"드론부터 사야지 드론. 드론 열 대, 아니 백 대 사자!"

멍청이들, 그 돈으로 헬기를 사야지.

A, B, C가 D의 얼굴을 반찬삼아 이런저런 즐거운 상상을 하고 있을 때, D가 말했다.

"그 정도는 지금도 살 수 있어요."

"응? 뭘?"

"다요." 라는 D의 대답은 농담이 아니었다. D의 집에 도착했을 때 A는 자신도 모르게 이런 말을 했다.

"경복궁?"

얘가 설마 이걸 믿고 공부도 안 하고 만날 그렇게 자는 것일까? 이 정도 부자면 요오드화은이나 헬기 따위가 아니라, 학교를 살 수도 있을 것 같았다. 학교를 사 달래서 체육대회를 없애자고 할까.

D의 집 안에 들어서자 말끔하게 차려입은 어른들이 D에게 깍듯하게 고개를 숙였다. D가 고개를 빳빳이 들고 그 기나긴 집안을 횡단할 동안 A, B, C는 그 분들께 일일이 굽신거리느라 D의 방에 도착했을 때쯤엔 목에 담이라도 올 것 같았다.

게다가 D의 어마어마한 방 안을 미처 다 훑기도 전에, 열여섯 박스 모두 합해 무게가 100kg이 훌쩍 넘어가는 드라이아이스와 최신형 드론 열 대가 눈앞에 놓였다.

"부모님 어디 계셔? 전화라도 해봐. 집이 너무 넓어서 너 집에 온 줄도 모르시는 거 같은데."

"여기 없어요."

그때, C가 핸드폰 화면을 보며 울려고 해서 다들 화면을 들여다보니……

"여, 여기 전화가 안 터지네. 데이터도 안 터지고……"

"네."

"그럼 너 혼자야? 이 넓은 데?"

"네."

영하 78도의 드라이아이스를 깨던 과학실도 이렇게 싸늘한 분위기는 아니었는데, 생각하며 A가 농담을 던졌다.

"너 설마…… 어마어마한 권력자의 숨겨진 아들 같은 거야? 너네 엄마가 숨겨진 여자 같은, 절대 알려져서는 안 되는 그런 거고? 그래서 엄마랑 어릴 때 생이별하고, 아빠랑은 일 년에 몇 번 볼까 말까 한 그런 거야? 하하하."

"네."

"진짜?"

그래서 얘는 야밤에 소방 호스로 학교 옥상에서 물을 뿌려대도

멀쩡했던 걸까? 아직도 이런 설정의 캐릭터가 있다니.

애가 오죽하면 이렇게 넓은 궁궐을 두고 쥐구멍 같은 과학실에 붙어 있고 싶을까 안쓰러운 생각이 들다가도, 아무리 그래도 꼼짝없이 공부를 열심히 해야 하는데다 호스로 학교 옥상에서 물을 뿌려대면 반쯤은 죽는 A, B, C가 D보다 훨씬 더 불쌍한 것 같았다. 그래도 그들은 D의 미소를 보고 싶어 이런저런 농담을 해댔다. 그리고 무서운 아저씨 아줌마들이 잔뜩 있는데다 전화도 안 터지는 곳에서 이런 농담을 할 수 있는 우리가 제정신이 아니라고 생각했다. 하지만 제정신이 아닌 건 아무래도 우리가 아니었다. 녀석에게 이런 일을 겪게 한 어른들이지.

8. 다음 글을 읽고 현재 시점에서 미래의 일을 정확히 예보한 것을 <u>모두</u> 고르시오.

(가)

오늘 전국이 맑겠습니다. 구름 한 점 없는 맑은 가을은 바로 오늘 날씨를 가리키는 말이 되겠는데요. 다만 전국적으로 일교차가 크겠고, 내륙과 산지에서는 일교차가 18도 이상 크게 벌어지겠습니다. 아침에 내륙과 산지에서 최저기온이 7~8도 선으로 기록되었지만, 한낮에는 전국적으로 25도 안팎까지 오르겠습니다. 이렇게 일교차 큰 날씨가 계속되면서, 현재

안개가 짙게 끼어 있습니다. 새벽부터 이른 아침까지 이어지는 안개는, 해가 뜨고 기온이 오르면서 빠르게 걷히고 곧 맑은 하늘이 드러나겠습니다.

오늘도 맑은 하늘에 일교차가 큰 가을 날씨가 될 전망입니다.

(나)

아주 이른 새벽, 과학 동아리 부원들은 학교에 갈 채비를 했다. 비장하게 교복을 꺼내 입고, 종종 빼먹고 다니는 넥타이까지 맸다. 평소엔 잘 챙기지도 않는 교과서에 필기도구까지 시간표에 맞춰 책가방에 꼼꼼히 넣었다. 교복 위에 우비를 입고, 손에는 우산을 들었다. 조금씩 차이가 있었지만, 그들을 바라보는 집안 식구들의 반응은 대체로 이랬다.

"오늘 학교에서 체육대회 한다고 하지 않았니? 체육복 입고 가야지!"

그들의 대답도 비슷했다.

"아뇨, 비가 와서 정상 수업할 거예요."

① 오늘 아침 ○○고등학교 운동장은 맑을 것이다.
② 오늘 아침 ○○고등학교 운동장에 비가 올 것이다.
③ 오늘 아침 ○○고등학교에서 체육대회가 열릴 것이다.
④ 오늘 아침 ○○고등학교 체육대회는 취소될 것이다.

⑤ 오늘 아침 ○○고등학교 운동장에 소행성이 떨어질 것이다.

【 정답 】 알 수 없음

9. 다음은 학생 C가 체육대회 당일 SNS에 올린 글이다. 물음에
답하시오.

(가)

과학 동아리 부원들은 새벽부터 학교 운동장에 모였다. 앞
이 안 보일 정도로 자욱이 낀 안개만이 우리를 반겼다.

(나)

"두 시간 뒤엔 우리 학교 운동장에 비 온다. 다들 준비됐
지?"

"얼른 끝내고 비커 라면 끓여 먹고 싶다."

우리는 책가방을 내려놓고, 우비를 다시 고쳐 입었다. 노트
북, 드론, 드라이아이스 등 준비물을 확인하고, 계획한 대로 학
교 옥상 곳곳에 널찍하게 자리 잡았다. A와 B는 운동장 좌측
의 신관, C와 D는 운동장 우측의 구관에서 가운데 운동장을
향해 드라이아이스를 뿌릴 예정이었다. 옆에는 각자의 할당량
에 해당하는 드라이아이스와 드론들, 드론을 위한 노트북과

스마트폰 등등이 놓여 있었다.

체육대회. 우리에겐 동아리의 존폐, 아니 우리의 존재가 걸린 역사적인 날.

우리는 잘하는 것도 잘하고 싶은 것도 없는, 그저 평범한 꿈 없는 소년들. 그런 우리에게 단 한 가지 꿈 비스무리한 게 있다면 다만, 아무에게도 폐 끼치지 않고 존재감 없이 무사히 고등학교 졸업장을 손에 넣는 것. 그래서 우리는 꿈과 열정이 가득한 이놈의 학교에서 휴식과 안정을 취할 유일한 공간을 지키려 하고 있다.

그런데 다른 애들도 느끼고 있을까? 아무것도 하지 않을 권리, 꿈꾸지 않을 권리, 승부를 포기할 권리를 지키기 위해 모인 우리들이, 그 어느 때보다 뜨겁게 행동하고, 뜨겁게 꿈꾸고, 뜨겁게 승부하고 있다는 걸.

A의 신호를 시작으로, 우리는 비의 씨앗을 가득 실은 드론들을 학교 옥상 위로 날렸다. 나는 내가 개발한 #조퇴 키트 역시 저 멀리 날려 버렸다.

(다)

우리는 생각했던 것보다 늦었지만 결국엔 끝냈고, 옥상에서 내려와 학교 운동장 구석에 모였다. 어쩐지 B는 비커에 라면을 끓이지도 않았다. 그리고 비의 씨앗, 드라이아이스를 안개 속에 심기 시작한 지 두 시간이 지났다. 우리는 30분 간격으로 드라이아이스를 뿌려댔고, 네 번째인 30분 전이 마지막이었다. 우리는 비의 씨앗이 안개 속에서 무럭무럭 자라나 비가 되어 내려 주길 간절히 바랐다.

그러나 우리는 환하게 터오는 해와 구름 한 점 없이 맑은 하늘을 학교 운동장 구석에서 지켜보게 되었다.

(라)

"드라이아이스 남았어?"

"아니, 하나도 없어."

B가 외쳤고, 드라이아이스는 조금도 남아 있지 않았다. 부지런한 사람들은 슬슬 학교에 올 시간이었다. 우리는 점점 더 화창하고 맑아져만 가는 하늘 아래 털썩 주저앉았다. 이 학교 운동장에서 오직 우리만이 안개와 땀에 흠뻑 젖어 있었다.

(마)

"미쳤어?"

"보면 모르냐?"

학생 A가 우비를 벗으며 일어났다. 넥타이를 풀고 운동화 끈을 질끈 묶었다. 그리고 핫둘 핫둘! 제자리에서 차마 봐주기 힘든 스트레칭을 시작했다.

"체육대회 얼마 안 남았고, 흙먼지도 비의 씨앗이 된대. 넌 더 무슨 방법 있냐?"

"······."

"그냥 뛰자."

우리는 모두 우비를 벗어던지며 내달렸다. 최대한 지저분하게 흙먼지를 풀풀 풍기면서, 흙먼지가 공기 중에 올라가 비의 씨앗이 되도록 말이다. 우리는 몇 번이나 넘어졌지만 다시 일어났다.

그 모습이 얼마나 웃겼을까. 어쩌면 작년보다 더 심각한 그림일 수도 있겠다는 생각이 들었다. 이런 짓까지 벌이다니 우린 진짜 미친놈들이었다.

문제투성이 세상. 이번 문제를 무사히 푼다고 해도 분명 다음 문제가 우리를 기다리고 있을 것이다. 하지만 어떤 문제가 닥치더라도 지금 이 순간보다 더 쪽팔릴 일은 별로 없겠지. 이상하게 우리는 웃음이 나왔다. 심지어 D조차도 펄펄 날며 두 눈을 활짝 뜨고 있었다.

비를 만들지 못했지만 상관없었다. 사실 어떤 날씨가 와도 괜찮을 것 같았다.

우리는 이제 질 수 있을 것 같았다.

이 다음에 ○○고등학교에서 일어난 일을 <u>모두</u> 고르시오.

① 학교 운동장을 뛰던 과학 동아리 부원들은 문득 어떤 소리에 멈춰 섰다.

② "설마 빗소리?" 그러나 비는 내리고 있지 않았다.

③ 학생 A, B, C, D는 뒤를 돌아 소리가 나는 쪽을 바라보았다.

④ 그곳엔 비가 아닌 박수가 쏟아지고 있었다. 어느새 학교에 온 선생님들과 학생들이 박수를 치며 환호하고 있었다.

⑤ 학교 운동장에 비가 아닌 무지개가 내리고 있었기 때문이다. 과학 동아리가 만든 찬란한 무지개가.

【 정답 】 ①, ②, ③, ④, ⑤

【 해설 】

👍 교장 선생님 외 1,101명

언젠가 한 번은 떠나야 한다

초판 1쇄 2020년 12월 30일
글쓴이 | 김성희 김이환 김창규 듀나 박애진 정명섭
펴낸곳 | 도서출판 단비
펴낸이 | 김준연
편 집 | 신수진
등 록 | 2003년 3월 24일(제2012-000149호)
주 소 | 경기도 고양시 일산서구 고양대로 724-17, 304동 2503호(일산동, 산들마을)
전 화 | 02-322-0268
팩 스 | 02-322-0271
전자우편 | rainwelcome@hanmail.net

ISBN 979- 11-6350-035-3   43810

값 12,000원

*이 책의 내용 일부를 재사용하려면 반드시 저작권자와 도서출판 단비의 동의를 받아야 합니다.